L'ORGUEIL,

POËME.

IMPRIMERIE DE FAIN , PLACE DE L'ODÉON.

L'ORGUEIL,

POËME.

PAR BERNARD M........

Audax omnia perpeti,
. . . . . ruit per vetitum nefas.

(Hor. Od. Liv. III.)

A PARIS,

CHEZ SAMSON, LIBRAIRE, QUAI VOLTAIRE, N°. 5;
ET CHEZ TOUS LES MARCHANDS DE NOUVEAUTÉS.

SEPTEMBRE 1819.

PRÉFACE.

« L'ORGUEIL, dit l'auteur des Maximes,
» ne monte dans l'esprit de quelqu'un que
» pour lui épargner la douleur de voir ses
» imperfections. » C'est un vice toujours
révoltant, et qui n'appartient qu'à l'élévation sans mérite, a dit d'Alembert. Ce
vice est le plus puissant et le plus dangereux de nos ennemis secrets, puisqu'il
nous aveugle assez pour nous empêcher
de nous connaître. L'orgueilleux, ne pouvant se juger avec équité, exagère toujours
son propre mérite, et se plaît à diminuer
celui des autres, qu'il ne croit nés que
pour l'admirer et lui rendre hommage.

L'Orgueil rend l'homme insociable, paresseux et ingrat : la haute opinion qu'il lui donne de lui-même, l'empêche de rendre à la société ce qu'il pense avoir le droit d'exiger d'elle. Il le rend paresseux parce que, se croyant un être supérieur, il ne veut pas prendre la peine de s'instruire et de penser : enseveli dans son ignorance, il croit avoir reçu de la nature un goût assez sain pour pouvoir juger de tout sur un simple aperçu. Il le rend ingrat par la crainte d'être humilié. Gilbert a dit :

La peur d'être abaissé ne fait que trop d'ingrats.

Si l'Orgueil est presque toujours la cause des malheurs des hommes, il l'est aussi des désastres des nations. Pour le prouver, écoutons Montesquieu. « La Vanité, dit-il, est un aussi bon ressort pour le gouvernement, que l'Orgueil en est un dangereux : il n'y a, pour s'en convaincre, qu'à représenter

d'un côté , les biens sans nombre qui ré-
sultent de la Vanité : le luxe , l'industrie ,
les arts , la mode , la politesse , le goût ,
etc., etc.; et, d'un autre côté , les maux in-
finis qui naissent de l'Orgueil : la paresse,
la pauvreté , l'abandon de tout, la destruc-
tion des nations que le hasard a fait tomber entre les mains des conquérans, et la
leur même. »

Retracer les ridicules et les maux que
l'Orgueil enfante est le sujet de ce poëme :
faire redouter ce vice en est le but. L'auteur a cru pouvoir y parvenir en franchis-
sant quelquefois les bornes du genre di-
dactique. Ce genre est essentiellement un
peu froid ; et, comme l'a remarqué l'abbé
Delille , doit le paraître encore davantage
à une nation qui ne supporte guère que les
vers composés pour le théâtre , et qui
offrent le tableau des passions et des ridi-

cules. Il a pensé aussi devoir faire succéder aux préceptes des exemples tirés du fond du sujet, et placés en forme d'épisode. On oublie promptement ce qui n'a fait qu'instruire ; on se rappelle aisément ce qui a touché.

Si, dans cet ouvrage, on présente l'Orgueil comme le père de tous les autres vices, on a tâché de ne pas mériter le reproche fait à M. de La Rochefoucault, d'avoir, dans ses Maximes, anéanti nos vertus, en rapportant toutes nos actions à l'*amour-propre*, sentiment qui n'est, si l'on peut s'exprimer ainsi, que l'Orgueil dans son enfance.

L'ORGUEIL,

POËME.

Des plaines de l'Éther, la consolante Paix
A comblé notre espoir, et répand ses bienfaits.
Bellone, que l'Orgueil guidait dans les alarmes,
Lasse enfin de carnage, a déposé ses armes;
Les mortels aujourd'hui n'ont rien à redouter;
Le cruel despotisme a cessé d'exister.
Ah! quand la Vérité, si long-temps méconnue,
Peut s'exprimer sans crainte et s'offrir à la vue,
Apollon! des accords de ton luth enchanteur,
Viens calmer ma tristesse et consoler mon cœur;
Seconde les efforts de ma Muse timide;
Pour soutenir ses chants elle a besoin d'un guide.
  Mais quel dieu m'apparaît! Phébus, serait-ce toi
Qui, sensible à mes vœux, descendrais jusqu'à moi?

« Non, non; je ne suis pas le dieu de la lumière;

» Mais ce dieu qui t'écoute, exauçant ta prière,

» Des parvis de l'Olympe, où je brille avec lui,

» Me députe vers toi pour te servir d'appui.

» Quels sons harmonieux va répéter ta lyre?

» Et quel sujet nouveau se présente et t'inspire?

» Veux-tu peindre Bellone embrasant l'univers?

» Est-ce encore l'Amour que vont chanter tes vers?

» Ou veux-tu retracer les exploits et la gloire

» D'un héros que je guide au temple de mémoire?

» Mais enfin ne peux-tu, fort d'un noble projet,

» Avec plus d'assurance aborder ton sujet?

» De l'espoir d'un grand nom si ton âme est éprise,

» Rien ne doit t'arrêter dans ta noble entreprise.

» Cesse de craindre; on peut, sans moi, sans Apollon,

» Parvenir au sommet du glissant Hélicon.

» Toujours à son génie il faut qu'on s'abandonne,

» Quand on veut sur son front placer une couronne. »

Quels conseils! Est-ce donc par des discours trompeurs

Que le dieu du Parnasse accorde ses faveurs?

Non, tu ne descends pas de la voûte céleste,

Flatteur impitoyable, aux mortels si funeste;

Sous ton masque imposteur, je te connais, Orgueil!

Tu pensais m'égarer, m'entraîner dans l'écueil :

Voilà pour quel dessein tu voilais ton visage;
Mais il fallait aussi déguiser ton langage.

N'espère plus, cruel, m'asservir sous tes lois,
Ni m'abuser encor par ta perfide voix ;
Implacable ennemi, je cesse de te craindre :
Je te connais enfin ; c'est assez me contraindre ;
Je prétends aujourd'hui dévoiler tes forfaits ,
Et te peindre aux mortels sous tes horribles traits.

Si je t'ai bien compris, oui, du ciel, en partage,
Seul tu reçus l'esprit, la force et le courage;
Oui , la Divinité, de ses prodigues mains ,
Te créant pour servir de modèle aux humains,
Épuisa sur toi seul ses dons et ses largesses ;
Toi, qui pour nous tromper, caressant nos faiblesses ,
Attaches le bandeau de la crédulité ,
Dont se voile à nos yeux l'auguste Vérité ;
Toi, qui de la louange employant tous les charmes,
Empoisonnes nos cœurs sans nous causer d'alarmes;
Toi, qui conduis nos pas, par ta feinte douceur,
De la route du vrai dans celle de l'erreur.

Je m'en souviens encore.... Avec quel artifice
Tu me poussas, perfide, au fond du précipice !
D'un encens corrupteur prodiguant le poison,
Tu gagnas mon esprit en perdant ma raison.

« Tu sais, me disais-tu, par ton brillant génie,

» Condamner au silence ou terrasser l'Envie ;

» On t'écoute, on t'admire, et tes accens vainqueur:

» Enchantent les esprits et maîtrisent les cœurs. »

Ah! qu'il me plut alors ce dangereux langage!

Vain et présomptueux comme on l'est au jeune âge,

De la séduction je savourai le fruit;

Je goûtai cet éloge.... Hélas! qu'a-t-il produit?

Abhorré des mortels que j'insultais sans cesse,

En voulant m'élever, je montrais ma faiblesse;

De ma présomption j'obtins le juste prix,

Et le monde outragé m'accabla de mépris.

L'esclave qui rampait sous ton pouvoir funeste,

Bien plus qu'il ne t'aima, te craint et te déteste.

Mes revers les plus grands, je ne les dus qu'à toi;

Et nul dans l'univers ne te hait plus que moi.

« Reconnais ton erreur ; du stupide vulgaire

» Ton mérite éclatant fatiguait la paupière;

» Dans sa vaine impuissance il crut le terrasser;

» Il ne pouvait l'atteindre, il voulut l'abaisser;

» Mais, pour confondre enfin cette tourbe rebelle,

» Je veux ceindre ton front d'une palme immortelle!»

Cesse de m'abuser; fuis, fuis, lâche imposteur:

Crois-tu, perfide Orgueil, implacable flatteur,

M'éblouir aujourd'hui par de vaines couronnes ?
Eh! que sont les lauriers quand c'est toi qui les donnes?
En posant sur ma tête un superbe bandeau,
Croirais-tu me cacher un abîme nouveau ?
L'auguste Vérité m'apprit à te connaître;
Non tu n'es pas, Orgueil, ce que tu crois paraître.
    « Ce que je crois paraître! oses-tu m'offenser ?
» L'esclave du néant veut m'apprendre à penser,
» Veut me dicter des lois ; et, bravant ma colère,
» D'un fatigant Mentor prend le langage austère !
» Mais, sais-tu qui je suis, mortel audacieux?
» Sais-tu que mon pouvoir s'étend jusques aux cieux ?
» Que de moi tous les arts ont reçu la naissance,
» Et que, dans l'univers, tout ressent ma puissance ?
» Les artistes, par moi, bravant l'adversité,
» Marchent d'un pas rapide à l'immortalité ;
» Les guerriers valeureux, chéris de la Victoire,
» Se couvrent à ma voix d'une éternelle gloire ;
» La Générosité, par mes puissantes mains,
» Répand tous ses trésors sur les faibles humains ;
» Les vertus des mortels sont toujours mon ouvrage.
» Partout dans l'univers quand tout me rend hommage,
» Téméraire ! crois-tu, dédaignant mon secours,
» Détruire mon pouvoir par d'insensés discours?

» Les mortels réunis chercheraient à m'abattre,

» Qu'on les verrait en vain s'armer pour me combattre.

» Ce qu'ils ne pourraient faire, oses-tu le tenter?

» L'abîme est sous tes pas; va t'y précipiter.

» Je connais tes desseins; je pourrais te confondre...

» Mais je m'abaisse trop en daignant te répondre.

» De tous ces vains discours tu recevras le prix,

» Et l'univers déjà les couvre de mépris ;

» Tu seras le jouet de la nature entière.

» Je t'abandonne enfin... Rentre dans la poussière. »

Ce Protée, à ces mots, révolté, furieux,

Se changeant en vapeur, disparut à mes yeux.

De ce farouche Orgueil tel est le caractère [2] :

Ses défauts dévoilés irritent sa colère ;

Il pâlit de courroux, dès qu'il voit un mortel

Abandonner son culte et briser son autel.

Cet imposteur hardi, fort de notre faiblesse,

Sait unir, dans son cœur, l'audace et la bassesse

Ses traits, ensevelis sous un masque effronté,

Laissent à sa laideur l'ombre de la beauté,

Et, séducteur adroit, dans son hypocrisie,

Il donne à son langage un air de modestie ;

Par la douce louange et le perfide encens,

Des crédules humains il enivre les sens;

Mais lorsque la Raison, démasquant l'artifice,
De ses projets obscurs ébranle l'édifice,
Ce monstre humilié ne connaît aucun frein ;
Dans sa rage cruelle il n'écoute plus rien :
Ce n'est plus un flatteur qui rampe sur la terre,
C'est un géant armé qui brave le tonnerre ;
Qui, jusque dans le sein de la Divinité,
Irait anéantir l'auguste Vérité.

Aveuglés trop long-temps, s'il a pu nous séduire,
Renversons à jamais son odieux empire.
Pourrait-il nous tromper par ses feintes vertus,
Quand ses affreux desseins nous sont enfin connus ?

Ange dégénéré qui, tombé sur la terre,
Du ciel as, le premier, ressenti la colère,
En te rendant l'égal de la Divinité,
C'est le superbe Orgueil qui t'a précipité.
Tu le crus ; et bientôt, dans ta rage impuissante,
Voulant sacrifier une race innocente,
Tu choisis les mortels pour cet affreux dessein,
Et soufflas, sans remords, tes poisons dans leur sein.
Contre ton ennemi pour animer leur haine,
Dans l'abîme, avec toi, ton courroux les entraîne ;
Tu commandes en maître, ils te livrent leur cœur ;
Bientôt, de l'univers méconnaissant l'auteur,

Ils outragent leur Dieu dans leur triste démence;
Et, rampans sous tes lois, ils chantent ta puissance.
C'est ainsi qu'aux humains forgeant d'indignes fers,
Tu les rendis ingrats, imposteurs et pervers.

Homère! Phidias! cet ennemi perfide
Vous donna-t-il des lois et fut-il votre guide?
Remplissant vos esprits de sa témérité,
Eût-il conduit vos pas à l'immortalité?
Non; vous flattant toujours d'une sûre victoire,
Il vous aurait fermé le chemin de la gloire.

Kléber! Vauban! Turenne! ô vous, nobles guerriers!
Vous, sauveurs de l'État, flétrissant vos lauriers,
Il voudrait qu'on pensât, jaloux de votre vie,
Qu'il vous inspira seul et jamais la Patrie.
En exposant pour nous rang, fortune et repos,
L'honneur seul vous guidait, magnanimes héros :
Dans ses champs glorieux vous lui fûtes fidèles,
Et cueillîtes par lui des palmes éternelles.

On connaît, je le sais, quelques fourbes mortels,
Qui des dieux bienfaisans profanent les autels;
De la Pitié touchante empruntent le visage,
Et cachent un cœur faux sous sa modeste image.
Le bienfait qui soulage un frère malheureux,
S'il demeure ignoré, sera perdu pour eux.

La sainte Humanité n'amollit point leur âme ;
Cèdent-ils à ses vœux ?... Il faut qu'on le proclame ;
Et le pauvre jamais n'obtiendrait leur appui,
Si la voix de l'Orgueil ne plaidait pas pour lui.
Mais, pour mieux consoler l'Adversité souffrante,
Du philanthrope vrai la voix compatissante
D'un destin tyrannique adoucit la rigueur,
Et veut, sans le blesser, secourir le malheur.
Que ses plaisirs sont purs, quand sa grandeur austère
Peut couvrir ses bienfaits de l'ombre du mystère !
Trouvant sa récompense en son cœur paternel,
Il n'exige jamais qu'un silence éternel.

Un temps fut où, du ciel, l'Orgueil, par son audace,
N'avait pas encouru l'éclatante disgrâce ;
Où ce monstre, depuis exilé loin des cieux,
N'avait pas, sur la terre, abusé nos aïeux.
Tous les humains alors coulaient dans l'abondance
Les paisibles instans de leur belle existence ;
La Justice régnait sur cent peuples divers ;
Rien ne pouvait troubler la paix de l'univers.
Mais, dès qu'il fut banni de l'empire céleste,
Il jura dans son cœur de leur être funeste :
Il crut y parvenir ; il leur dicta des lois,
Trompa les nations en égarant les rois,

Et le sujet trahi s'étonna de connaître
La distance outrageante et d'esclave et de maître.

Dans le sein des hameaux, des cités et des cours,
L'Orgueil répand son fiel et plaît par ses discours;
Souvent avec adresse et pour mieux nous surprendre,
Il semble se détruire et renaît de sa cendre ;
Nos cœurs de ses liens paraissent détachés,
Qu'il les retient encor par des ressorts cachés [3].
Il ne respecte rien , et l'innocence même
Éprouve les effets de sa fureur extrême.

Vous qui suivez les lois de ce monstre pervers ,
Vains mortels, comme vous je rampai dans ses fers !
Le rayon fugitif d'une perfide gloire
Annonça ma défaite, assura sa victoire.
Le jour, le jour fatal où mon front jeune encor
Fut couvert de lauriers par mon sage Mentor ,
Mon esprit enivré cessa d'être timide,
L'Orgueil se fit entendre et je le pris pour guide.
Ah! comme le cruel s'empara de mon cœur !
Par la douce louange il devint mon vainqueur.
Pour m'attirer à lui sans me causer d'alarmes,
Ce dangereux Protée employa tous ses charmes.
Je goûtais du sommeil le repos bienfaisant,
Lorsqu'en songe, au milieu d'un nuage éclatant,

Je le vis sous les traits d'une vierge charmante :
Sa démarche était noble et sa taille imposante ;
Mais son regard hardi me faisait tressaillir
D'étonnement, d'effroi, plutôt que de plaisir.
« Ne sois plus, me dit-il, l'esclave de ton maître ;
» Rends-toi plus de justice et sache te connaître.
» Un esprit créateur ne doit pas obéir ;
» C'est le faible mortel qui se laisse asservir.
» Es-tu fait pour marcher sur les pas du vulgaire ?
» A tes brillans destins ne sois donc plus contraire.
» Ose briser les fers de ta captivité ;
» Si tu chéris la gloire, aime la liberté ;
» Voilà le premier bien, le seul digne de l'homme.
» Le plus audacieux est celui qu'on renomme.
» Renonce à ton Mentor, à ce faible soutien ;
» Le Génie enchaîné n'enfanta jamais rien.
» Je sais qu'un froid rhéteur, dans sa vaine manie,
» Veut asservir aux lois le plus vaste génie :
» Homère en connut-il ? qui l'aurait pu guider ?
» Sans savoir obéir, il a su commander.
» Imite ce grand homme ; et, quoiqu'on en murmure,
» Ne suis d'autres conseils que ceux de la nature.
» Admire, libre enfin, ce coursier vigoureux ;
» Ses nobles mouvemens doivent charmer tes yeux :

» Tout satisfait en lui ; sa fougue, son audace,

» Et dans ses écarts même il conserve sa grâce ;

» Mais si le frein l'arrête, avec sa liberté,

» Il perd, au même instant, sa force et sa beauté. »

Il dit : soudain il part. Le jour enfin m'éclaire,

Et tout s'offre à mes yeux dans la forme ordinaire.

   L'homme croit aisément ce qui doit le flatter.

Charmé par ce discours, je ne pus résister.

Sans guide, sans appui, je comptai sur mes forces :

Excité par l'Orgueil, trahi par ses amorces,

Je me livrai sans crainte à l'espoir enchanteur

De pouvoir seul, sans maître, enchaîner le bonheur.

Enchaîner le bonheur ! espérance frivole !

L'homme n'adore en lui qu'une impuissante idole ;

C'est un être idéal dont on aime à rêver,

Que l'on cherche toujours et qu'on ne peut trouver.

Comment trouverait-on ce qu'on ne peut connaître ?

Chacun, selon son goût, espère le voir naître :

L'avide courtisan le croit auprès des rois ;

Le sot ambitieux dans de brillans emplois ;

Le fils chéri de Mars le voit dans la victoire :

Il fuit un doux repos pour voler à la gloire,

Il affronte la mort au milieu des combats,

Et quitte un heureux sol pour d'arides climats ;

Il traîne son espoir jusqu'au sein d'une armée ;
Mais trouve-t-il l'honneur ? cette vaine fumée
Satisfait son orgueil sans contenter son cœur ;
Il est couvert de gloire et cherche le bonheur.

Des mortels dangereux qui me louaient sans cesse,
Par un encens funeste enivraient ma jeunesse :
On m'entendit bientôt, plein de fatuité,
Insulter mes égaux dans ma témérité ;
Je n'approuvais jamais que mes faibles ouvrages,
Et toujours le mérite éprouvait mes outrages :
Critique audacieux, j'osais même espérer
Forcer, en le blâmant, le monde à m'admirer.
Où m'emportait, hélas ! cette vaine impudence ?
Mais mon superbe orgueil reçut sa récompense ;
Au fidèle portrait que l'on traça de moi,
Il frémit et de rage, et de honte et d'effroi.

« Assez fou pour se croire une tête profonde,
» Ce pédant, disait-on, qui sans cesse nous fronde,
» N'est qu'un sot ridicule, aussi vain qu'ignorant.
» Il croit nous éblouir par un ton important.
» Dans le monde, partout, son audace est extrême :
» Tout paraît lui déplaire ; il ne sait ce qu'il aime.
» Mais toujours il s'approuve ; et, de lui satisfait,
» Croit que, dans l'univers, rien ne vaut ce qu'il fait ;

» Que le ciel, le créant, fit un rare miracle,
» Et qu'on doit l'écouter comme un nouvel oracle.
» Nourrissant son esprit de ces illusions,
» Pense-t-il nous cacher ses imperfections?
» C'est en vain qu'on voudrait dessiller sa paupière;
» Il fuit de la Raison l'imposante lumière.
» Il faut de la douceur, de la docilité,
» Pour entendre avec fruit l'auguste Vérité.
» Avec un orgueilleux peut-on être sincère?
» Ce n'est qu'en le flattant qu'on parvient à lui plaire.
» Mais qu'importe après tout? il peut impunément
» Se croire un demi-dieu dans son aveuglement.
» Puisqu'il veut s'abuser, pourquoi le contredire?
» Laissons cet ignorant, qu'il s'aime et qu'il s'admire. »
    Orgueil! Voilà le fruit de tes injustes lois!
Esclave obéissant, je rampais à ta voix;
Et, pour t'avoir servi, partout on me déteste.
La haine et le mépris, voilà mon sort funeste.
Mais, malgré ton pouvoir, j'espère désormais
M'arracher à ton culte et te fuir pour jamais.
    O toi, douce Raison, sois mon céleste guide!
Daigne me protéger de ta puissante égide!
Je sais que mon esprit, ivre d'un faux savoir,
Quand tu brillais pour lui, refusait de te voir;

Qu'à tes sages conseils il fut toujours rebelle ;
Mais tu peux aujourd'hui le retrouver fidèle :
Il cesse d'être sourd aux accens de ta voix.
Tu vas le voir, docile, obéir à tes lois.
Contre mon ennemi viens armer ma jeunesse !
Écoute ma prière et mûris ma sagesse !
Si tu remplis mes vœux, si tu viens m'éclairer,
Je craindrai peu l'Orgueil ; et, loin de m'égarer,
Je saurai, pour jamais, étouffer l'arrogance
De ce monstre perfide, enfant de l'Ignorance.

C'est ainsi que, honteux de ma coupable erreur
J'invoquais la Raison, je calmais ma douleur ;
Lorsque cette déesse, exauçant ma prière,
Répandit dans mon âme un rayon de lumière.

J'implorais sa puissance ; un feu pâle et soudain
De mon humble réduit vint éclairer le sein.
Une femme aussitôt se présente à ma vue ;
Séduisante sans art, modestement vêtue,
Son maintien unissait, avec la majesté,
La grâce, la candeur et la simplicité ;
Sur son col arrondi sa belle chevelure,
Flottait avec aisance et formait sa parure ;
Sous un front sans fierté, ses yeux pleins de douceurs,
Semblaient dire : « Aimez-moi, je sécherai vos pleurs ;

» L'homme qui me connaît me choisit pour modèle ;

» Dans ses calamités je lui reste fidèle,

» Et les larmes toujours qu'avec lui je répands,

» Le consolent encore à ses derniers instans. »

« La Raison, me dit-elle, à tes vœux est sensible :

» Jamais qui se repent ne me trouve inflexible.

» Je prodigue mes dons au paisible mortel

» Qui brûle un encens pur au pied de mon autel.

» Je viens, à ta prière, éclairer ta jeunesse ;

» Je viens contre l'Orgueil protéger ta faiblesse.

» Sois sans crainte ; mon cœur, ouvert à la pitié,

» Te parle par la voix de la tendre Amitié.

» Si tu pensas long-temps que, sans guide et sans maître,

» Seul, d'entre les humains, tu pourrais tout connaître :

» Renonce à cet espoir, pour apprendre aujourd'hui

» Qu'il te faut un Mentor : tout a besoin d'appui :

» Le jeune et faible enfant a besoin de sa mère ;

» La mère d'un époux, l'époux souvent d'un père ;

» Le père, dans l'état, chargé d'un noble emploi,

» A besoin d'un ministre, et ce dernier d'un roi ;

» Le roi, qui marche en maître et qu'un vain peuple encense

» Sans l'appui des guerriers ramperait sans puissance.

» Si tu crus que l'Orgueil, d'un pas précipité,

» Te conduirait sans peine à la célébrité ;

» Abjure cette erreur; que le passé t'éclaire ;

» Il faut être hardi, mais jamais téméraire ;

» Où la Prudence atteint sans jamais rien braver,

» L'Audace vainement prétendrait s'élever.

   » Cesse de t'aveugler; parviens à te connaître,

» Et tâche d'être un jour ce que tu crus paraître.

» Évite des flatteurs le mensonger accueil;

» La Gloire s'effarouche à l'aspect de l'Orgueil.

» Elle aime la Candeur : toujours la Modestie,

» Sait d'un nouvel éclat embellir le Génie ;

» Elle abhorre le bruit et ce faste imposteur,

» Qui prouve la faiblesse et jamais la grandeur ;

» A la vaine ignorance elle est toujours rebelle,

» Et ce n'est qu'aux talens qu'elle reste fidèle.

» De la voûte azurée où je veille sur toi,

» J'exaucerai tes vœux; tu peux compter sur moi. »

Se couvrant, à ces mots, d'une vapeur légère,

La Raison, pour les cieux, abandonne la terre.

   Voilà, farouche Orgueil, où tu m'avais conduit.

Elle est passée enfin cette cruelle nuit ;

J'ai reconnu ma faute, et j'ai brisé mes chaînes.

Mes prières au ciel n'ont donc pas été vaines.

   Maintenant qu'à l'abri des fureurs de l'Orgueil,

Je ne redoute plus ce périlleux écueil,

Muse! soutiens mes chants; viens révéler encore
Les forfaits inouïs d'un monstre que j'abhorre;
Découvre à l'univers, par d'utiles leçons,
Les pièges qu'il nous tend, l'effet de ses poisons ;
Dis comment, pour nous perdre et pour servir sa rage,
Ce transfuge odieux de l'infernal rivage,
Nourrit les passions des malheureux mortels;
Les rend durs, inhumains, injustes, criminels,
Fait naître leurs discords, allume entr'eux la guerre,
Renverse les cités et dépeuple la terre.

O douce Modestie! embellis mes discours!
Charme de la beauté, j'invoque ton secours :
Tu donnes seule un prix au talent, au mérite;
A ton aspect, l'Orgueil et rougit et s'irrite.
Si tu daignes sourire à mes premiers écrits,
Bientôt je convaincrai ces fiers, ces durs esprits
Que ce monstre empoisonne, et qui, dans leur délire,
N'accordent aux vertus qu'un dédaigneux sourire.

Depuis le jour funeste où l'on vit ce flatteur
Infecter l'univers d'un venin corrupteur,
Le mortel qu'il retient sous ses lois inhumaines,
Languit honteusement et rampe dans ses chaînes :
Chargé de ses liens, le bandeau sur les yeux,
Il se croit libre encore et méconnaît les dieux.

Insensé! sans l'Orgueil qui te rend téméraire,
Tu tomberais aux pieds de l'être qui t'éclaire;
Honteux de ton erreur et fier de son appui,
Tu saurais qu'il est tout, que rien ne vit sans lui;
Et, dans ta piété reconnaissante et pure,
Tu chanterais le Dieu qui régit la nature.
Mais l'Orgueil, qui domine et dévore ton cœur,
T'empêche d'avouer qu'il est un Créateur;
Le cruel ne te fait nier son existence
Que pour te dispenser de la reconnaissance.
Quoi! tu pourrais prétendre, homme vain et sans foi,
Qu'il n'est dans l'univers rien au-dessus de toi?
Vil sujet du néant, périssable matière,
Tu te crois quelque chose... et tu n'es que poussière.
    Que nous apprenez-vous, disciples de Zénon?
Tantôt, fiers de votre être et sourds à la raison,
Usurpateurs des droits du maître du tonnerre,
Vous vous croyez créés pour gouverner la terre;
Et tantôt, rabaissant vos cœurs audacieux,
Vous taxez d'impuissance et vous et tous vos dieux.
Quand ces sages vantés ne pouvaient se comprendre,
Dans leurs livres enfin que pouvons-nous apprendre?
Non, j'en crois votre exemple, inflexibles censeurs;
Non, la raison toujours n'habitait pas vos cœurs.

De votre vanité l'éclatant témoignage,
Se trouve en vos écrits et dans votre courage. [4]
J'interroge l'Attique ; un sage rigoureux,
Dans son triste tonneau, sous un aspect hideux,
N'y montrait au grand jour sa superbe misère
Que par le vain désir de passer pour austère.
Et toi ! son digne émule, insensé Pérégrin, [5]
Qui t'a fait, par la flamme, avancer ton destin ?
L'Orgueil, dans ton trépas, cherchait la renommée,
Et ta gloire, avec lui, disparut en fumée.

Pour qui cet opulent, dans ces jours désastreux,
A-t-il fait préparer ces banquets somptueux ?
Veut-il, de la saison réparant l'inclémence,
Déployer aux regards sa noble bienfaisance ?
Le malheureux qui souffre et n'espère qu'en lui,
Le verrait-il enfin devenir son appui ?
Non, non ; l'Adversité l'outrage et l'importune ;
Ce n'est pas pour l'aider qu'il chérit sa fortune :
Le pauvre vainement lui demande à grands cris,
De partager le pain dont ses chiens sont nourris ;
Il est sourd à ses vœux ; et, fier de ses richesses,
Il prodigue à l'Orgueil son faste et ses largesses.

Vain du sang dont il sort, et des titres pompeux
Qu'il reçut, en naissant, de ses nobles aïeux,

Pourquoi ce fier baron, bercé par ces chimères,
Va-t-il vanter partout le haut rang de ses pères ?
Si la Patrie, en lui, ne voit pas un soutien,
Malgré le nom qu'il traîne, à mes yeux il n'est rien. [6]
Il a beau nous prôner son illustre naissance,
Le rang de ses aïeux, ses biens et sa puissance ;
Tous ses titres brillans, bien loin de l'excuser,
Sont autant de censeurs qui viennent l'accuser ;
Et, dût-on l'oublier, son Orgueil ridicule,
Le vouerait au mépris, descendît-il d'Hercule.

Mais, pour mieux dévoiler ses plus honteux forfaits,
Pénétrons un moment dans l'auguste palais,
Où de nouveaux Solons, par leur mâle éloquence,
De la cause du peuple embrassent la défense.
Là, quand Thémis réclame et discute ses lois,
Chacun, avec respect, applaudit à sa voix.
Nul ne voudrait, sans doute, à son âme flétrie,
Qu'on reprochât un jour les maux de la Patrie.
Mais non : l'infâme Orgueil, par ses accens vainqueurs,
Dans ce palais sacré maîtrise aussi les cœurs.
Celui-ci, fier encor de sa vieille noblesse,
Veut, pour paraître grand, que le peuple s'abaisse ;
Cet autre, plus adroit, pour cacher son espoir,
D'un ministre, qu'il flatte, encense le pouvoir ;

Il veut moins nous servir qu'il ne cherche à lui plaire ;
Le peuple vainement l'a fait son mandataire,
Il n'en obtiendra rien ; son honneur est à prix :
Le cruel nous vendra sans craindre nos mépris.
Mais cet autre de tous va surpasser l'attente :
Il défendit, quinze ans, la Liberté mourante ;
Auprès des grands jamais on ne le vit fléchir :
Voilà le protecteur qui ne peut nous trahir !
Bientôt on l'entendra, du haut de la tribune,
Confondre l'imposture et venger l'infortune.
Malheur à qui voudrait nous priver de nos droits !
On l'implore... Écoutons !... il est sourd cette fois...
L'éclat des dignités et le charme et l'enivre ;
On l'élève... il nous fuit... c'en est fait... il se livre...
Dans le fond de son cœur mon œil a pénétré ;
Je ne vois plus en lui qu'un esclave titré,
Qu'un transfuge insolent, du fourbe Orgueil victime,
Et qui perd en un jour sa gloire et notre estime.

L'Orgueil qu'on voit sans cesse abuser nos esprits,
Peu content de verser l'opprobre et le mépris,
Des accens de l'honneur couvrant sa voix perfide,
Excite à la vengeance et porte à l'homicide ;
Il trahit le courage, abandonne à son sort
L'homme qui, par un mot, eût évité la mort.

Où vont ces combattans? Athénédas, Delmance!
Vous qu'une amitié sainte unit depuis l'enfance,
De la Patrie encor l'impérieuse voix
S'est-elle fait entendre? Outrage-t-on ses lois?
Contre ses ennemis quand une mère appelle,
On doit ou triompher, ou succomber pour elle.
Hélas! je vous prêtais un trop noble dessein :
Vous allez d'un ami vous rendre l'assassin!
Cet ami, qu'a-t-il fait? Parlez.... quel est son crime?
Votre père offensé veut-il une victime?
Non ; il vous faut du sang pour effacer l'affront
Qu'un mot ou qu'un regard grava sur votre front.
Malheureux! un seul mot vous fait prendre les armes !
Un mot pourrait aussi prévenir bien des larmes,
Si le farouche Orgueil, qui vous trahit tous deux,
Vous laissait de vos torts exprimer les aveux.
Quelle aveugle fureur! craignez de vous atteindre,
Le triomphe est affreux, la mort est moins à craindre.
Mais déjà le fer brille... Arrêtez...! c'en est fait,
Delmance a succombé... l'Orgueil est satisfait.
Fuis, fuis, Athénédas! ta rage est assouvie;
Tu viens par un forfait d'empoisonner ta vie.
Thémis, pour te poursuivre, arme son bras vengeur,
Et déjà tes bourreaux sont au fond de ton cœur.

Toi, que l'on voit partout apaiser nos alarmes,
Embellir tous nos jours et suspendre nos larmes;
Toi, que le malheureux jamais n'implore en vain!
Sexe fait pour charmer, être chaste et divin!
Le ciel qui te créa n'a pu te donner l'être,
Pour trembler à nos pieds et plier sous un maître.
Indigne de ton cœur, notre orgueil criminel,
S'il usurpe tes droits, outrage l'Éternel.
Dieu ne présuma pas qu'aveugle en sa chimère,
L'homme voudrait un jour commander à sa mère;
Qu'il oserait, l'ingrat, placer au second rang
Celle qui le conçut et lui transmit son sang.
Femme adorable! en vain sa fierté te ravale....
Accepte son appui, mais marche son égale.
Aux décrets d'un tyran pourrait-il t'asservir,
Quand l'auguste Raison te défend d'obéir?
O toi, que l'Éternel combla, dans sa largesse,
De grâce, de bonté, d'esprit et de sagesse;
Faut-il, ange de paix, que ce vil corrupteur
Souille aussi quelquefois les vertus de ton cœur?
Que la Divinité, dont ton âme est l'image,
Trouve, en butte à l'Orgueil son plus parfait ouvrage?
Si le cruel encore, en servant ton courroux,
Te faisait sur nous seuls appesantir tes coups,

Notre présomption, qui sans cesse t'offense,
Obtiendrait à son tour sa digne récompense;
L'Orgueil, juste une fois, fidèle à te venger,
Enchaînerait le bras qui voulait t'outrager.
Mais, qu'il t'aveugle assez, dans ton erreur extrême,
Pour diriger le tien contre ton sexe même;
Que tu mettes ta gloire à déchirer le cœur
De la jeune beauté dont l'amour est vainqueur;
Que, sans chérir l'objet qu'elle aime et qu'elle enflamme,
Tu trouves des plaisirs à tourmenter son âme;
Que ta fille, ta fille, à peine en son printemps,
Cause ton désespoir par ses attraits naissans;
Que les tributs d'amour dus enfin à ses charmes,
Allument ta colère ou t'arrachent des larmes,
Voilà ce qui t'abaisse, et comment ce pervers
Empoisonne ta vie et te tient dans ses fers;
Voilà comment il sait, de son haleine impure,
Flétrir tant de vertus et trahir la nature.

Homme superbe et vain, pourras-tu diffamer
La beauté qui te cède et qui daigne t'aimer?
Pour la rendre sensible à ta funeste flamme,
Pourquoi vins-tu troubler le calme de son âme?
Pourquoi lui promis-tu, dans tes discours charmans,
De vivre sous ses lois, d'accomplir tes sermens?

Innocente, sans art, et suivant la nature,
Elle croyait ta bouche exempte d'imposture ;
Tout combattit contr'elle, et son cœur et ses sens,
L'empire de l'Amour, et tes désirs pressans.
Ah ! quand ce dieu vainqueur te livre la victime,
Peux-tu donc oublier que sa faute est ton crime ?
Peux-tu donc outrager celle que tu chéris,
Et, pour t'avoir aimé, l'accabler de mépris ?
Homme injuste et cruel ! quand ta voix indiscrète
Offense ton amante et redit sa défaite,
C'est pour plaire à l'Orgueil qui domine ton cœur,
Que tu marques son front du sceau du déshonneur [7]
S'il ne t'aveuglait pas, trouverais-tu des charmes
A trahir ton amie, à voir couler ses larmes ?
Non, non ; enveloppé des ombres de la nuit,
Des faveurs de l'Amour savourant le doux fruit,
Vainqueur, et seul témoin de ta tendre victoire,
A cacher ton bonheur tu trouverais ta gloire.

Ah ! qu'il cause de maux, ce superbe flatteur,
Quand il guide l'Amour et qu'il en est vainqueur !
Pour rompre des amans l'heureuse destinée,
L'Intérêt, qu'il conduit, précède l'Hyménée :
Le perfide, sans cesse, est contraire à leurs vœux ;
Le chaste hymen, pour lui, n'est qu'un trafic honteux.

Dans le sein du hameau, sous les yeux de sa mère,
L'Orgueil sait éblouir la timide bergère ;
Il l'entraîne à la ville, où la vaine grandeur
Vient marchander sa honte et souiller sa pudeur :
Compagne d'un berger, elle eut, dans l'innocence,
Coulé les heureux jours d'une longue existence ;
Elle accourt dans Paris briller quelques instans,
Prodiguer sa jeunesse, et mourir à vingt ans.

Dans le séjour de paix, dans le lugubre asile
Où l'on croit voir le Temps, dévastateur tranquille,
Tristement appuyé sur sa terrible faux,
Attendre les vivans dans la nuit des tombeaux,
L'Orgueil, qui des humains guide la vie entière,
Vient encore s'asseoir sur leur froide poussière ;
Il prodigue avec eux, par un luxe outrageant,
Le faste de la mort pour parer le néant.

Digne sœur de l'Orgueil, l'horrible Médisance
Aux enfers, pour nous perdre, avec lui prit naissance ;
Souvent, sous les dehors d'une aimable gaîté,
Elle sème les traits de sa malignité :
On voudrait échapper au fiel qu'elle distille ;
Mais, pour s'en garantir, tout effort est stérile ;
Elle blâme, elle outrage, et son esprit mordant
Ne respecte personne et blesse en amusant.

Cependant, sous ses lois, malgré sa perfidie,
On voit quelques mortels humilier leur vie.
Dans leurs piquans bons mots les cruels, sans pitié,
Insultent, par orgueil, l'Amour et l'Amitié.

Il est aussi partout des hommes pleins d'audace,
Abhorrés dans le monde et bannis du Parnasse,
Qui ne versent le fiel de leur cœur infecté,
Que pour se dérober à leur obscurité.
Les Talens, le Génie, en butte à ces critiques,
Ne peuvent se soustraire à leurs traits satyriques ;
Zoïles par orgueil, ils cherchent un renom
Qu'ils ont pensé trouver à l'ombre d'un grand nom [8].
Leur injuste courroux n'attaque le Mérite,
Que guidé par l'espoir de paraître à sa suite,
Et leur esprit jaloux, croyant le terrasser,
S'épuise en vains discours sans pouvoir l'abaisser.
Tels on vit les Titans, oubliés sur la terre,
Défier les carreaux du maître du tonnerre,
Lever insolemment un front audacieux,
Et vouloir s'élever au rang même des dieux.
Cependant, quelquefois, à force d'impudence,
Ces envieux censeurs abusent l'Ignorance;
Dupe de leur audace, elle ira dénigrer
Les ouvrages fameux qu'elle dut admirer;

Et sa triste ineptie admet, soutient, approuve,
Ceux que le goût rejette et que Phébus réprouve.
C'est ainsi qu'on la vit, en dépit d'Apollon,
Et condamner Racine et sourire à Pradon.
Ainsi, toujours l'Envie attaque le grand homme ;
Il cesse d'être heureux sitôt qu'on le renomme ;
Le laurier qui le couvre est par elle infecté ;
Son malheur naît souvent de sa célébrité [9].
L'Envie, avec adresse, et pour servir sa haine,
Séduit l'Opinion, la maîtrise et l'entraîne :
Cette reine du monde un moment quelquefois,
Lui prête le secours de sa puissante voix ;
Dans son aveuglement elle outrage, elle attère
Le Génie étonné d'éprouver sa colère ; [10]
Mais son œil se dessille, elle a vu son erreur,
Le relève, l'admire, et chante sa grandeur.
Sous un nuage épais que le limon fit naître,
Tel on voit un instant le soleil disparaître ;
Mais de son char bientôt les rayons lumineux
Dissipent la vapeur qui nous voilait ses feux.

Artistes et savans ! nobles fils du Génie !
Pour mieux braver les traits de la perfide Envie,
Pour rendre contre vous ses efforts superflus,
Joignez à vos talens de modestes vertus.

Vous êtes au théâtre, et le monde au parterre.

Le public juge tout, mérite et caractère ;

Le plus léger écart, la plus petite erreur,

Peut ternir, en un jour, un siècle de grandeur.

Mais de l'Orgueil surtout repoussez les amorces ;

Ce traître énerverait votre esprit et vos forces ;

Il flétrirait bientôt, par de cruels affronts,

Les lauriers dont les Arts auraient paré vos fronts.

Hélas ! de ce pervers la funeste influence

Du Pindare français a séduit l'innocence ;

Au sein de ton triomphe, enivrant tes esprits,

Malheureux ! sur ta tête il versa le mépris ;

Il égara ton cœur ; et, servant sa colère,

A la face du jour tu méconnus ton père [11].

Forfait épouvantable, égarement cruel,

Dont frémit la nature et que venge le ciel !

De l'amour filial vous qui goûtez les charmes,

A ce triste récit vous qui versez des larmes,

Pour conserver la vie à l'auteur de vos jours,

Vous verriez de la vôtre interrompre le cours ;

De la nuit du tombeau, sans murmure et sans plainte,

Vos Mânes planeraient sur votre cendre éteinte.

Ah ! que pour un bon fils un père vertueux

Est un riche présent de la bonté des Dieux !

Dans nos afflictions cet ami nous soulage,
Ou son cœur généreux avec nous les partage,
Il se charge toujours du poids de nos douleurs,
Et, pleurant avec nous, il arrête nos pleurs.

O toi! de la vertu noble et vivant modèle,
Mon père, à tes leçons si j'étais infidèle,
Si je pouvais quitter le chemin de l'honneur,
Ton exemple imposant ramènerait mon cœur.
Toi, qui du fourbe Orgueil ne connus pas l'empire,
Qu'il n'enchaîna jamais et qu'il ne peut séduire,
Seconde mes efforts, arme mes faibles mains,
Pour combattre à tes yeux l'ennemi des humains.

Fort d'un si noble appui, je t'attends, téméraire!
Ton haleine infectée empoisonne la terre :
Ennemi du repos des mortels et des dieux,
Tu verses dans les cœurs ton poison odieux ;
Tu pousses les humains dans le fond des abîmes,
Et ris, en les perdant, des maux de tes victimes.
Par toi, perfide Orgueil, l'homme faible entraîné,
Aux plus honteux forfaits se trouve abandonné.
Brisant tous nos liens, ta féroce colère
Arme le bras d'un fils contre le sein d'un père.
Guidé par la Vengeance et par l'Ambition,
Tu conduis sur tes pas la Désolation,

L'homicide Terreur, le Désastre, la Rage,
La Peste, l'Incendie et l'aveugle Carnage.
Tigre altéré de sang, la Guerre et ses horreurs
On recours à ton bras pour servir leurs fureurs ;
Par ton bras, Ilion, au milieu des batailles,
Vit égorger ses rois et saper ses murailles ;
C'est ton bras qui d'Athène, heureux séjour des Arts,
Détruisit pour jamais les antiques remparts :
Ton bras seul des Césars a renversé le trône,
Ton bras seul a brisé leur sceptre et leur couronne ;
Ton courage inhumain, que rien ne peut lasser,
N'élève les États que pour les renverser.

A ces hautes leçons tu peux aussi t'instruire,
Albion ! sur les mers tu fondas ton empire ;
Neptune te sourit ; mais sa puissante main
Qui t'élève aujourd'hui, peut t'abaisser demain.
Les succès de l'Orgueil se comptent par ses crimes ;
Sous les pas de tes fils il creuse des abîmes ;
Dans ta grandeur superbe il voit naître l'espoir
D'armer les nations contre ton fier pouvoir.
Déjà, pour accomplir son désir de vengeance,
De tes enfans qu'il flatte, il sape la puissance ;
Pour les faire haïr de cent peuples divers :
« Vous êtes, leur dit-il, les rois de l'univers. »

Albion, sache enfin réprimer cette audace !
De l'antique Carthage on cherche en vain la place.
L'Orgueil jura sa perte ; il la fit succomber :
Comme elle, en un moment, on te verra tomber.
D'une Rome nouvelle, un Scipion, peut-être,
Dans une autre Carthage ira parler en maître.

Mais pourquoi, loin de nous, chercher les attentats
Que prodigue l'Orgueil pour perdre les États ?
Orgueil ! n'est-ce pas toi dont l'horrible puissance
Arracha tant de pleurs aux enfans de la France ? [12]

Le fléau des humains qui fit trembler les rois,
Ce fier Napoléon, n'écoutant que tes lois,
Abusa du pouvoir pour égaler les crimes
Des plus cruels tyrans qui furent tes victimes [13].
Lorsque d'un peuple libre il guidait les soldats,
L'univers, attentif au bruit de ses combats,
Admirait, étonné, le destin de ses armes,
Et louait son courage au milieu des alarmes :
Il était grand alors, et l'immortel laurier
Ceignait le noble front de ce vaillant guerrier. [14]
Hélas ! fallait-il donc qu'un implacable traître,
Jaloux de ses exploits, de son cœur devînt maître ;
Flétrît de ses travaux la magique splendeur,
Et changeât en despote un superbe vainqueur ?

En posant sur sa tête une double couronne,
Orgueil, ce fut par toi qu'aveuglé sur le trône, 15
Il bannit de sa cour l'auguste Vérité,
Et, né son défenseur, trahit la Liberté.
Sans toi, l'aurait-on vu, ce tyran sanguinaire,
Couvrir le monde entier d'un voile funéraire,
Et vouloir, à ses pieds, enchaîner tous les rois,
Pour ranger l'univers sous ses funestes lois ?
Trompé par tes discours, il crut, dans son délire,
Sur les trônes détruits asseoir son vaste empire;
Et, pour exécuter ses projets criminels,
Il prodiguait le sang des malheureux mortels ;
Embrasait, sans pitié, les hameaux et les villes,
Et changeait en déserts les champs les plus fertiles.
L'Achéron a frémi de voir autant de morts,
Rouler, pendant quinze ans, sur ses funèbres bords.
C'est toi, qui fis tomber les plus illustres têtes,
Pour l'enrichir des vols qu'il appelait conquêtes :
C'est toi qui, des forfaits lui frayant le chemin,
D'un fils du grand Condé le rendis l'assassin.
Les trônes renversés, les palais mis en cendre,
Les pleurs des malheureux, qu'il fit long-temps répandre,
Pichegru poignardé dans l'ombre de la nuit,
Voilà de tes conseils l'épouvantable fruit.

Puisqu'enfin ce despote a vu crouler le trône
Qu'éleva la Terreur, que renversa Bellone,
Muse! raconte-moi comment ce fier mortel
Parvint à se couvrir d'un opprobre éternel ;
Dis comment l'imposteur, dont tu nous peins les crimes,
Le plaça, pour nous perdre, au rang de ses victimes ;
Et que les conquérans qui voudraient l'imiter,
Apprennent où l'Orgueil peut les précipiter.

Avant que ce guerrier eût régné sur la France,
Nos valeureux soldats, connus par leur clémence,
Fidèles à leurs rois et surtout à l'honneur,
Respectaient des vaincus la honte et le malheur.
On ne les vit jamais abuser de la gloire,
Ni flétrir les lauriers que donne la Victoire.
Napoléon commande ; et l'Orgueil, qui le suit,
Par son faste imposteur soudain les éblouit ;
Ils entendent sa voix, et tout change de face ;
Ils appellent vertu ce qui n'est plus qu'audace :
Bellone les aveugle, et de nos libertés
Ils cessent d'être enfin les appuis respectés ;
Et bientôt les soutiens des droits de leur patrie,
En esclaves armés, servent la tyrannie.

Le monde, que troublait ce fatal conquérant,
Ne voulut plus enfin rester indifférent.

Les peuples et les rois, naguère ses victimes,
Se liguèrent bientôt pour arrêter ses crimes,
Et l'inflexible Mars mit le glaive en leurs mains
Pour punir son audace et venger les humains.

O soldats valeureux ! ô ma belle Patrie !
Pourriez-vous voir jamais une horde ennemie
Profaner votre sol, renverser vos remparts,
Habiter vos cités, séjour chéri des Arts,
Et fouler, sans respect, le tombeau de vos pères !

Guerriers ! Napoléon causa seul vos misères !
Devez-vous, pour lui seul, renoncer au repos ?
« Des armes !... » Ah ! j'entends, intrépides héros !
Celui qui vous guida, l'étranger veut l'abattre ;
Pour le défendre encore il vous verra combattre.
L'honneur vous dit qu'en vous, votre chef malheureux [16]
Devra trouver toujours des soutiens généreux.

O valeur superflue ! inutile courage !
On voit de tous côtés se préparer l'orage.
Apportant avec lui la honte ou le trépas,
Le colosse du Nord accélère ses pas.
Les nombreux escadrons de son armée altière
Déjà, du sol français, ont franchi la barrière.
Le laboureur surpris déserte ses guérets,
Il s'enfuit, en tremblant, dans le fond des forêts ;

Sa chaste épouse accourt, rassemble sa famille ,
Et soustrait aux soldats la pudeur de sa fille.
Tout s'agite, tout fuit : le craintif habitant
Cède, les yeux en pleurs, la place au combattant.
Nos valeureux guerriers, sans crainte, sans alarmes,
Pour voler aux combats soudain courent aux armes;
Pressent leurs fiers coursiers et sèment la terreur :
Mais le nombre bientôt terrasse la valeur;
Et, dans cette journée honorable et fatale,
Les Français abattus livrent leur capitale [17].

Les vainqueurs, étonnés de leurs brillans exploits,
Du triomphe aussitôt revendiquent les droits :
Il veulent qu'en ce jour, le tyran, dans les chaînes,
De l'État qu'il perdit quitte à jamais les rênes.
Irrités à ces mots, nos malheureux soldats
Pour le défendre encore invoquent les combats :
Napoléon, qui voit le danger qui le presse,
Pour racheter ses jours, soit grandeur, soit faiblesse,
Arrête cet élan, condamne leur ardeur,
Et se livre lui-même au pouvoir du vainqueur.

On a vu sous son règne un sénat sans courage,
Flatter la tyrannie, approuver le carnage.
L'homicide intérêt de ces vils courtisans
Livrait à leur bourreau nos fils et leurs enfans ; [18]

Le peuple eût vainement refusé d'y souscrire,
La Bastille agrandie embrassait tout l'empire;
Mais, quand le ciel vengeur, pour calmer nos chagrins,
Eut détrôné leur maître et changé nos destins,
Ces mortels achetés, qui nous vendaient sans cesse,
A la face du monde étalant leur bassesse,
Montrèrent sans rougir leurs desseins criminels,
En renversant le dieu qui leur dut ses autels.
Ils avaient espéré faire oublier leurs crimes,
Et conserver encor leurs biens illégitimes;
Ces biens, fruits de l'encens que ces lâches flatteurs
Prodiguaient au tyran qui causait nos malheurs!
O crimes inouïs! politique stérile!
Espérance frivole et bassesse inutile!
Assis sur les débris de ce trône abattu,
Ils osent réclamer le prix de leur vertu!
Et, quand le juste ciel s'armait pour les détruire,
Ils prétendaient encor commander à l'empire.
L'Éternel aussitôt, sensible à nos douleurs,
Pour calmer nos chagrins et suspendre nos pleurs,
Rappelle des Bourbons la famille chérie,
Qu'en de funestes jours la France avait bannie:
Il veut que les Français, long-temps sourds à leur voix,
Pour jouir du repos se rangent sous leurs lois;

Et c'est à ce prix seul qu'en arrêtant la Guerre,
Il rendra l'Abondance et la Paix à la terre.

Le peuple, en cet espoir qui remplit tous ses vœux,
Entrevoit l'avenir d'un destin plus heureux ;
A l'approche du prince, objet de sa tendresse,
L'air retentit des cris de sa vive allégresse.
Plus ému qu'étonné, le monarque attendri,
En jetant un regard sur ce peuple chéri,
Remarque dans la foule, assis sur son passage,
Un vieillard vénérable appesanti par l'âge.
On croit voir dans ses traits où se peint la bonté,
Briller des immortels l'auguste majesté ;
Son œil étincelait d'une céleste flamme,
Qui semblait révéler la grandeur de son âme,
Il se lève, salue ; et, d'un pas assuré,
S'approche noblement du prince révéré : [19]
« Monarque, lui dit-il, permets-tu que ma bouche
» S'exprïme franchement sur tout ce qui te touche?
» Aujourd'hui, par le ciel, tes vœux sont accomplis,
» Et ses justes décrets viennent d'être remplis.
» Pour arrêter nos maux et protéger la France,
» Il remet en tes mains la suprême puissance.
» Quel que soit ton pouvoir, tu n'es pas sans danger :
» Tu connais le Français ; impétueux, léger,

» Il ne peut obéir au frein de l'esclavage,
» Et jamais son grand cœur ne pardonne un outrage.
» Pour t'en faire chérir, ménage sa fierté ;
» Sache allier tes droits avec sa liberté ;
» Ne va pas réveiller ces préjugés gothiques
» Nés dans la nuit des temps sous des rois apathiques ;
» Qu'ils dorment avec eux dans la paix des tombeaux,
» Et que tous les Français soient à jamais égaux.
» Cherche dans ton royaume, et porte au ministère
» Le mortel éclairé que ton peuple révère :
» Il soutiendra le trône ; et, toujours, de ce choix,
» Dépendit le bonheur et la gloire des rois.
» Si tu veux conserver le sceptre et la couronne,
» Que nos soldats, qu'eux seuls, entourent ta personne ;
» Ils ont pu s'égarer, pardonne à leur erreur ;
» Tu dois tout oublier, excepté leur valeur.
» Commande par les lois ; que ta vertu sublime
» Rassure l'innocence, épouvante le crime.
» Si tu voyais renaître au sein de tes États,
» De nos tristes discords le germe sous tes pas,
» Oppose aux factieux, à leur vile imposture,
» D'un prince aimé du ciel le calme et la droiture ;
» Pour trahir leur espoir, du peuple sois l'appui ;
» Il saura les confondre ; on peut compter sur lui,

» Le prince libéral, qu'il bénit et qu'il aime,

» Ne peut voir de son front tomber le diadème.

» Console tes sujets, relève leur splendeur,

» Et leur prospérité redira ta grandeur.

» Des ministres de Dieu connais le caractère :

» Il en est d'imposteurs, qui, sous un front austère,

» Renferment dans leur âme un venin criminel,

» Et trompent les humains au nom de l'Éternel.

» Éloigne ces pervers de ta cour et du trône ;

» Leur souffle empoisonné flétrirait ta couronne :

» Mais si tu veux la voir briller d'un pur éclat,

» Écoute les conseils du vertueux prélat

» Qui, dédaignant le faste et fuyant les richesses,

» Sans craindre ton courroux, blâmera tes faiblesses ;

» Et qui, par son exemple et sa touchante voix,

» De la religion fera chérir les lois.

» Mais, dans l'adversité, tu fis l'apprentissage

» De ces mâles vertus qui distinguent le sage ;

» Et tes sujets bientôt oublîront leurs malheurs :

» Je le lis dans tes yeux, je le vois dans tes pleurs. »

Le monarque attentif applaudit d'un sourire,

Et soudain le vieillard s'incline et se retire.

Le cortége aussitôt, d'un pas majestueux,

Des Français réunis fend les flots onduleux,

Tout ce peuple, attiré par la douce espérance
De voir les traits chéris du soutien de la France,
Bénissant son retour et chantant ses bienfaits,
Le suit et l'accompagne au sein de son palais.

Les flatteurs du tyran, à l'aspect d'un tel maître,
Désespérés, confus, n'osant plus reparaître,
De leurs honteux forfaits abandonnent le fruit,
Pour courir se cacher dans l'ombre de la nuit.
La Vérité se montre, accable l'imposture,
Et l'Orgueil consterné se retire et murmure.
Dans les bras de son père, accourant tout en pleurs,
Le guerrier valeureux voit finir ses malheurs ;
Et, couvert de lauriers cueillis par son courage,
Retourne cultiver son modeste héritage.
L'Hymen, dont les autels fument d'un pur encens,
Couronne chaque jour mille vœux innocens ;
Il range sous ses lois la timide bergère
Que, pour un doux lien, il arrache à sa mère.
On se livre à l'espoir ; et, sous ce règne heureux,
La Paix répand partout ses bienfaits généreux.

Quittant le noir séjour de l'infernal rivage,
La Discorde aussitôt, écumante de rage,
Jalouse du bonheur que goûtent les humains,
Arme pour le troubler ses criminelles mains ;

Pour embraser encore et dépeupler la terre,
Elle veut rallumer le flambeau de la Guerre.
La Terreur l'accompagne et conduit sur ses pas
Le farouche Carnage et l'aveugle Trépas.
Elle aperçoit l'Orgueil ; et, dans son vol rapide,
Se rapproche soudain de ce monstre homicide.
« O toi ! que l'on nommait le puissant dieu du mal,
» Que fais-tu, lui dit-elle, en ce repos fatal ?
» Rendant à l'univers le calme et l'abondance,
» La Paix t'a donc enfin convaincu d'impuissance ?
» Les mortels aujourd'hui se rangent sous sa loi,
» Et pour troubler l'Europe il ne reste que moi.
» Quel glorieux destin ! quelle joie enivrante,
» Et quels nobles lauriers combleraient mon attente,
» Si l'on me voyait seule, en mon juste courroux,
» Incendier le monde accablé sous mes coups !
» Mais j'espérais te voir, pour ressaisir ta gloire,
» A ta rivale heureuse arracher la victoire ;
» Corrompre tous les dons répandus par ses mains,
» Et répandre ton fiel dans le cœur des humains.
» Non ; tu ne verras pas, sans rallumer la guerre,
» La Paix, qui t'humilie, habiter sur la terre !
» Pourrais-tu supporter son aspect odieux ?
» L'univers t'appartient ; qu'elle remonte aux cieux :

» Tous les mortels sont nés pour servir ta vengeance,

» Et rien ne doit ici ressentir sa puissance.

» La France croit goûter le fruit de ses bienfaits!

» Il faut l'empoisonner par de nouveaux forfaits;

» Il faut que tout ce peuple, imbécile et volage,

» Se déchire lui-même en son aveugle rage;

» Et pour mieux se détruire, oubliant son devoir,

» Qu'il ravisse à son roi le suprême pouvoir.

» Ce peuple, je le sais, a déposé les armes;

» Il veut, d'un doux repos goûter enfin les charmes:

» Mais il est toujours fier de ses brillans exploits.

» Si l'on osait un jour méconnaître ses droits,

» Pour les reconquérir, ranimant son courage,

» Il volerait encor dans les champs du carnage.

» Cette noble fierté peut servir mes projets.

» Égare de Bourbon les principaux sujets;

» Fais briller à leurs yeux l'éclat de leur naissance;

» Malgré leur nullité, relève leur puissance :

» Qu'ils blâment les exploits et chantent les revers

» Des malheureux guerriers qu'admire l'univers;

» Que le prince éclairé que la France révère,

» S'il veut calmer leur haine, éprouve leur colère,

» Et tu verras bientôt ces superbes mortels,

» De la céleste Paix renverser les autels.

—» Oui, oui, lui répond-il d'une voix effroyable,
» Je veux servir encor ton courroux indomptable;
» On me verra, sans bruit, accomplir tes souhaits,
» Surprendre les esprits des humains que je hais,
» Du tyran abattu relever la puissance,
» Et remettre en ses mains le fer de ma vengeance.
» Bientôt, pour lui prouver jusqu'où va mon amour,
» Je saurai l'arracher de son honteux séjour;
» Et la Paix, à sa vue, abandonnant la terre,
» S'enfuira dans les cieux, près du dieu du tonnerre. »
    La Discorde, à l'instant, aux hameaux, aux cités,
Court verser à grands flots ses poisons infectés,
Pendant que son complice adroitement se livre
Au plaisir d'égarer les mortels qu'il enivre:
Il les flatte, les charme, et ce monstre odieux
Renaît sous mille aspects pour s'offrir à leurs yeux.
Un grand cœur rarement connaît la défiance,
Et des Bourbons jamais ce ne fut la science.
Le monarque, abusé par ses premiers sujets,
Sert, en les élevant, leurs dangereux projets;
De ses enfans qu'il aime aussitôt on l'isole;
Il ne peut les entendre, et leur espoir s'envole.
Tout change alors; partout la Vérité se tait;
Nos droits sont méconnus, et le trouble renaît.

L'Ignorance titrée a repris son audace,
Du Mérite modeste elle usurpe la place :
Le peuple, qu'elle outrage, excite ses mépris,
Et l'Orgueil, qui la guide, irrite les esprits.
En ce désordre affreux que l'intérêt fait naître,
L'Équité, dans son temple, à peine ose paraître.
Les juges corrompus, restent sourds à la voix
Du malheureux en pleurs qui réclame les lois.
Dans ce dédale obscur, dans ce chaos barbare,
Le flambeau du Génie ou s'éteint ou s'égare.
En voyant ses parvis souillés de délateurs,
Que soulèvent encor des flots de protecteurs,
L'Innocence pâlit, de crainte tourmentée,
Et Thémis, dans les cieux, s'enfuit épouvantée.
  Déjà l'Orgueil sourit à l'espoir du succès
Qu'annoncent à ses yeux les discords des Français ;
Et bientôt, dans Ilva [20], caché par un nuage,
Il accourt achever son criminel ouvrage.
Ses vœux sont accomplis, son triomphe est certain,
S'il remet au tyran les armes à la main.
Déjà, prêt à franchir les nombreuses cohortes,
Qui, veillant au palais, en défendent les portes,
Il contemple un moment ces valeureux guerriers
Accablés sous le poids de leurs nobles lauriers ;

Et, d'un œil homicide, il compte les victimes
Qu'il doit faire immoler pour soutenir ses crimes.
Sûr enfin de pouvoir troubler leur douce paix,
Il pénètre sans bruit jusqu'au fond du palais,
Où le tyran, couché sur la plume légère,
Dans un songe flatteur asservissait la terre.
Il l'aborde et lui dit : « Eh quoi! vaillant héros,
» Peux-tu languir ainsi dans un honteux repos?
» Toi, qui devais un jour, par tes mains redoutables,
» Asservir sous tes lois vingt peuples indomptables!
» Oubliant ses destins, oubliant l'univers,
» Le vainqueur d'Austerlitz repose dans les fers!
» De tes brillans exploits étouffant la mémoire,
» Peux-tu flétrir ainsi tes vertus et ta gloire?
» Quand Mars qui te chérit se plaint que tes soldats
» Dorment nonchalamment éloignés des combats;
» Et quand il veut enfin, par son pouvoir suprême,
» A ton front glorieux rendre le diadème,
» Dans cet exil honteux cesse de te cacher:
» Rappelle ton courage et quitte ce rocher;
» Vole dans tes États reprendre ta couronne;
» Va, d'un roi qu'on trahit, va renverser le trône;
» Et tu verras bientôt ses volages sujets,
» Prosternés à tes pieds, seconder tes projets. »

Le tyran, à ces mots qui charment son oreille,

Cherche à briser ses fers, s'agite, se réveille.

L'Orgueil s'en aperçoit ; et , plus prompt que l'éclair,

Sourit à ses efforts et disparaît dans l'air.

Pendant qu'autour de lui tout sommeillait encore,

Ce farouche mortel, sans attendre l'aurore,

Appelle son conseil, le réunit soudain,

Et lui fait, en ces mots, connaître son dessein.

« Je dois de mes États reconquérir les rênes,

» Replacer l'univers sous mes lois souveraines,

» M'éloigner à jamais de ces horribles lieux ;

» Telle est , j'en suis certain, la volonté des dieux.

» Des vaisseaux! des nochers! et qu'on s'arme en silence...

» Demain, avant le jour, nous reverrons la France. »

Le conseil, à cet ordre, et s'étonne et pâlit ;

Il garde le silence et demeure interdit.

Drouot se fait entendre ; et cet ami fidèle ,

Sans craindre le courroux du maître qui l'appelle,

S'exprime avec franchise : il lui peint le danger

Où ce fatal projet va bientôt le plonger ;

Mais les sages avis d'un ami trop sincère

De l'aveugle tyran irritent la colère :

« Lorsque l'on doit, dit-il, se taire et m'obéir,

» Par de lâches conseils on cherche à me trahir!

» On pense qu'un guerrier qu'illustra la Victoire,

» Doit respecter des fers qui flétrissent sa gloire!

» Quand le ciel, juste enfin, m'accorde son secours,

» On veut de mes exploits voir suspendre le cours!

» Puisque tout me sourit, je ne veux rien entendre;

» Pour ressaisir mes droits je vais tout entreprendre;

» Mes succès vont bientôt légitimer mes vœux:

» Allez... qu'on m'obéisse... on le doit... je le veux. »

Pour servir ce projet qu'enfanta le délire,

Tremblant et consterné le conseil se retire.

On s'assemble; on équipe, on arme les vaisseaux,

Qu'à l'ombre de la nuit on doit livrer aux flots;

Des surveillans jaloux on endort la prudence,

Et chacun vers le port se dirige en silence.

Pleins de l'heureux espoir de quitter ce séjour

Pour revoir leur patrie, objet de leur amour,

Nos valeureux guerriers ressaisissent leurs armes.

Ce jour, ce triste jour est pour eux plein de charmes;

Ils ignorent, hélas! ces belliqueux soldats,

Qu'ils vont fuir le repos pour courir au trépas,

Et que l'Orgueil encor, pour ravager la terre,

Va remettre en leurs mains les brandons de la guerre.

La nuit étend son voile, et son secours fatal

D'un départ si funeste a donné le signal.

Napoléon paraît : cet ennemi du monde,
Sans redouter Neptune et la fureur de l'onde,
Sur la flotte s'embarque, au milieu des héros
Qu'il arrache à la paix et guide sur les flots.
Son exemple aux nochers a rendu le courage,
Et bientôt de la France il touche le rivage.
En quittant leurs vaisseaux et l'empire des mers,
Ses guerriers de leurs chants font retentir les airs.

Le disque de Phébus avait à peine encore
Éclairé d'un rayon les parterres de Flore;
Et déjà le Français surpris, épouvanté,
Avait connu l'espoir du tyran redouté :
Déjà la Renommée, active messagère,
Avait dit son retour dans sa course légère.
Louis, fier de l'amour de ses nombreux sujets,
Espérait arrêter ses coupables projets.
Les guerriers qui vingt ans illustrèrent la France,
Ne pouvaient, croyait-il, tromper sa confiance;
Et sur leurs vains sermens fondant tout son espoir,
Il remet en leurs mains sa vie et son pouvoir.

Soudain l'Orgueil, jaloux d'achever son ouvrage,
Vole ébranler leurs cœurs par son adroit langage;
Et l'avide Intérêt, qui marchande leur foi,
Les presse de trahir et de vendre leur roi.

Certaine d'accomplir son projet homicide,
La farouche Discorde, en sa course rapide,
Va troubler des humains le bonheur et la paix,
Les pousse à la révolte et rit de ses forfaits.
Ces monstres aussitôt, sans craindre de paraître,
Volent près du tyran qu'ils proclament leur maître.
Les inconstans sujets du plus chéri des rois,
Entraînés sur leurs pas vont plier sous ses lois ;
Et, comblés des bienfaits du plus sage des princes,
Courent vendre son trône et livrer ses provinces.

Au récit alarmant de cette trahison,
Quelques Français encor qu'éclaire la Raison,
Pour s'opposer au crime et sauver la patrie,
Vont offrir au monarque et leurs bras et leur vie ;
Mais sa vertu sublime enchaîne leur valeur.
« De mes enfans, dit-il, je reconnais le cœur ;
» Ce rare dévoûment, dans ces instans d'alarmes,
» Vient consoler mon âme et suspendre mes larmes :
» Mais, lorsque de leurs bras ils m'offrent le secours,
» Dussé-je succomber, j'épargnerai leurs jours !
» Si le ciel veut encor disposer de mon trône,
» Je désire en tomber sans flétrir ma couronne.
» Du sang de ses sujets un roi doit compte aux dieux ;
» Sans tache, je l'espère, on me verra près d'eux. »

Saisi d'un saint respect et plein d'obéissance,
Chacun remplit ses vœux et s'éloigne en silence.
Ce prince voit alors, courageux sans éclat,
S'échapper de ses mains les rênes de l'État.
L'usurpateur triomphe ; et ses honteux complices,
Étalant, sans pudeur, le faste de leurs vices,
Vont flatter son orgueil, mendier ses bienfaits,
Et recevoir le prix de leurs nouveaux forfaits.

France ! que devins-tu, quand le meilleur des princes
Eut cessé de régir tes fertiles provinces ?
Ce n'était plus ce temps, où, comblant notre espoir,
Comme un dieu tutélaire, usant de son pouvoir,
Louis, avec la paix, nous rendait l'abondance ;
Et de l'humble chaumière écartait l'indigence.
Le retour d'un seul homme a détruit ton bonheur,
Divisé tes sujets, renversé leur grandeur,
Irrité contre toi le reste de la terre,
Et porté dans ton sein la révolte et la guerre.

Qu'un tigre sorte enfin de la captivité,
Bientôt on le verra, fier de sa liberté,
Dans les cantons voisins se frayer un passage,
Et se repaître encor de sang et de carnage,
Si, par les habitans qu'il ose menacer,
Ce féroce ennemi ne se voit terrasser ;

Tels de dix nations on revit tous les princes
Réunis contre nous, du fond de leurs provinces,
Rappeler dans nos murs leurs farouches soldats,
Pour renverser le traître ou courir au trépas.

Pressé de toutes parts, le tyran, plein d'audace,
Croyant pouvoir braver le sort qui le menace,
Ose, pour les séduire, annoncer aux Français
Qu'il ramène avec lui l'Abondance et la Paix. [21]
Cependant il réclame un dernier sacrifice,
Pour défendre, dit-il, ses droits et la justice;
Et, par les noms sacrés de patrie et d'honneur,
Il éblouit le peuple, il trompe sa valeur,
Le presse d'affronter le péril qui s'apprête:
Il faut sauver son trône, il faut garder sa tête.
Funeste égarement! ses vœux sont exaucés.
D'abord, quelques Français, par ce fourbe abusés,
En servant sa fureur, ont cru rendre à la France
Et sa grandeur superbe et son indépendance;
Puis, dans l'aveuglement de sa crédulité,
La moitié de ce peuple, au nom de liberté,
Court reprendre les fers du plus dur esclavage,
Pour servir du tyran l'épouvantable rage. [22]
O honte! c'est ainsi que, par de vains discours,
D'un peuple trop crédule il obtint le secours;

C'est ainsi qu'un rebelle, abusant ma patrie,
Parvint à la couvrir d'opprobre et d'infamie!

Pensant toujours marcher de succès en succès,
Et fier d'avoir séduit des milliers de Français,
Il espère avec eux, par son pouvoir funeste,
Dans les champs de Bellone entraîner tout le reste.
Condamnés, par son ordre, à servir ses desseins,
A réunir leurs bras aux bras des citadins,
Les villageois surpris de quitter les campagnes,
S'éloignent en pleurant de leurs tristes compagnes,
Et, d'un pas incertain, viennent prendre leur rang
Sous les drapeaux du monstre avide de leur sang;
Mais, pendant qu'il voulait armer toute la France
Pour voler aux combats embrasser sa défense,
Le calme sur le front, dix peuples à la fois
S'avancent pour l'abattre et pour venger les rois: [23]
Soudain, de tous côtés, pour garder nos frontières,
Le tyran fait marcher ses phalanges guerrières;
Et bientôt, au milieu de nos vaillans soldats,
Les enfans de Cérès sont conduits aux combats.

O Muses des héros! Déesses de mémoire!
Qui dites les revers et chantez la victoire,
Dans ce dernier tableau, par vos accords divins,
Venez, venez tracer nos malheureux destins!

Venez dire comment, si long-temps triomphante,
La France vit enfin sa grandeur expirante !
  Dans les plaines de Mars, ce superbe tyran,
De ses guerriers bientôt vient seconder l'élan :
Il se montre aux soldats, ranime leur vaillance,
Et fait naître en leur cœur son désir de vengeance.
« Illustres compagnons, par de nouveaux exploits,
» Vous devez, leur dit-*il*, reconquérir vos droits !
» Que ces rois alliés, qui devraient vous connaître,
» Retrouvent leurs vainqueurs en vous voyant paraître.
» Revolez aux combats prouvez à l'univers
» Que la trahison seule causé vos revers.
» Que ces lâches Germains, honteux de leurs défaites,
» Sachent vous respecter sachent qui vous êtes :
» Voyez leurs bataillons, marchez ; le glaive en main,
» Au milieu de leurs rang frayez-vous un chemin.
» La France vous contempet l'honneur vous appelle :
» Sauvez ! sauvez la France ou périssez pour elle ! »
Ainsi dit le tyran ; et ses discurs vainqueurs
Du beau feu de la Gloire embrasent tous les cœurs.
Nos soldats, emportés par leur noble vaillance,
Courent sur l'ennemi qui menace la France ;
Et, portant le carnage au mil de ses rangs,
Entassent autour d'eux les morts les mourans.

Des bataillons entiers de cette armée altière,
Foudroyés par l'airain, tombent sur la poussière.
Ces arrogans Germains qui pensaient, les premiers,
Par de brillans exploits, mériter des lauriers,
Trompés dans leur espoir et saisis d'épouvante,
Couvrent de leurs débris cette plaine sanglante.
Honteux de leur défaite, épars et confondus,
Ne pouvant résister à ces coups imprévus,
Ils repassent la Sambre; et bientôt, sur ses rives,
Cherchent à rassembler leurs troupes fugitives.
Mais nos vaillans guerriers devinent leur dessein.
Aussitôt, sur le fleuve, ils s'ouvrent un chemin;
Revolent dans leur camp, dispersent leurs cohortes,
Et, de Charleroi même, sent franchir les portes.
Comme au fond des forts un faible daim s'enfuit,
Et s'éloigne, en tremblant, du chasseur qui le suit;
Il court; pour éviter l meute impitoyable,
Et se donner contre ee un abri secourable,
D'un torrent, à la nge, il traverse les flots,
Et croit, sur l'autre ive, obtenir le repos;
Mais bientôt, sur c bord, trompant son espérance,
Là meute suit sa tce, accourt et le relance;
Ainsi nos bataillo repoussaient devant eux,
Des fiers enfans a Nord les bataillons nombreux.

Ils auraient tous péri, si la nuit bienfaisante
N'eût protégé leur fuite et trahi notre attente;
Et si l'obscurité, suspendant les combats,
De nos guerriers enfin n'eût arrêté les pas.

Dès que l'aube du jour a brillé sur la plaine,
Nos valeureux guerriers sont rentrés dans l'arène;
Ils chargent l'ennemi dont les rangs rassemblés,
Soutiennent, pleins d'effroi, leurs efforts redoublés.
Dans les deux camps rivaux, semant les funérailles,
Mars balance long-temps le destin des batailles;
Mais, bravant des Germains les glaives menaçans,
Les Français irrités, devenus plus pressans,
Courent, le fer en main, tout fumans de carnage,
Dans les rangs ennemis se rouvrir un passage.
A ces terribles coups, les Germains dispersés,
Tombent de toutes parts l'un sur l'autre entassés,
Et les débris sanglans de cette armée altière,
Ne pouvant affronter notre audace guerrière,
Abandonnent bientôt, pressés par nos soldats,
Le triomphe, la gloire et le champ des combats.
Mais la nuit vient encor, de son trône d'ébène,
Étendre un voile obscur sur la sanglante arène;
Et, cachant à nos yeux la fuite des Germains,
A seule terminé ces combats inhumains.

En leur prêtant deux fois son ombre bienfaitrice,
Elle devient ainsi deux fois leur protectrice;
Et sa pitié pour eux, fatale à nos succès,
Enchaîne la victoire et trahit les Français.
Des armes des vaincus on élève un trophée,
Et nos guerriers enfin se livrent à Morphée.

Le monde était encor couvert de ses pavots;
Soudain l'Orgueil, jaloux de troubler leur repos,
Apparaît aux regards du tyran qu'il éveille,
Et sa voix en ces mots vient frapper son oreille :
« Noble espoir de la France! intrépide guerrier!
» Quand ton faible ennemi cherche à se rallier,
» Et quand on peut te voir le forcer à se rendre,
» Dans les bras du Sommeil tu te laisses surprendre!
» Éveille tes soldats : par des exploits nouveaux
» Qu'ils achèvent enfin leurs glorieux travaux,
» Rien ne peut, tu le sais, abattre leur courage,
» Et ton trône affermi doit être leur ouvrage;
» De cet heureux instant connais donc la valeur,
» Presse-les de combattre, et tu seras vainqueur. »
Le perfide, à ces mots, s'éloigne de la terre.
Son esclave soudain veut rallumer la guerre;
Et, croyant terrasser ses nombreux ennemis,
Arrache de leur camp nos guerriers endormis.

Sa voix est entendue : on s'empresse, on s'élance ;
L'un a saisi son casque, et l'autre a pris sa lance ;
Tous sont prêts à marcher : de leurs chefs différens
Déjà l'ordre est écrit et court dans tous les rangs.
Ces apprêts, pleins d'horreur, le remplissent de joie.
L'armée avec audace aussitôt se déploie ;
Et, contenant sa rage en cet instant fatal,
Du combat, en silence, attend l'affreux signal.

A l'ardeur des guerriers rangés sous son empire,
Le tyran applaudit d'un orgueilleux sourire :
Il se place à leur tête, et sa farouche voix
Enflamme leur vaillance en louant leurs exploits :
« Intrépides soldats! fiers soutiens de mon trône!
» Je vous ai reconnus dans les champs de Bellone :
» Les dangers les plus grands n'ont pu vous émouvoir ;
» Et vous avez, dit-il, surpassé mon espoir.
» Les Germains, par vos coups, ont mordu la poussière ;
» Mais d'Albion encor l'armée est toute entière !
» Il est devant vos yeux cet ennemi cruel,
» Qui voudrait vous couvrir d'un opprobre éternel :
» Jouissez du bonheur que le ciel vous envoie !
» Mars lui-même aujourd'hui vous livre votre proie !
» A ma juste fureur, ces fiers tyrans des eaux
» N'opposent plus enfin la mer et leurs vaisseaux.

» Dépouillés en ce jour de leur lâche espérance,
» Voilà leurs bataillons livrés à ma vengeance !
» Je voudrais les voir tous expirer sous vos coups ;
» Accomplissez mes vœux et servez mon courroux !
» Ils veulent, fiers guerriers, me rendre à l'esclavage.
» Tout leur sang doit couler pour laver cet outrage ;
» Au milieu des dangers, et placé dans vos rangs,
» Je guiderai vos pas sur leurs corps expirans.
» Déjà d'un allié la défaite sanglante
» A porté dans leur sein la crainte et l'épouvante.
» Vaincus par la terreur, ces timides soldats
» Redoutent votre audace, évitent les combats.
» Profitez du moment où leur foule craintive
» D'un pied tremblant encor se confie à la rive ;
» Que la mort soit le prix de leurs premiers essais ;
» Marchons ! continuons nos glorieux succès ! »
Il dit : la charge sonne ; et, d'un essor rapide,
Chacun pousse en avant son coursier intrépide ;
Mais l'ennemi, trompant leur espoir belliqueux,
Refuse le combat et s'enfuit devant eux.
Ébloui par l'Orgueil, le tyran s'en irrite ;
Sans prévoir le dessein que cache cette fuite,
Il s'élance en fureur sur ces nochers soldats,
Que Neptune a prêtés aux terrestres combats.

Il veut; et nos guerriers que ses exploits enivrent,
Aux périls, sur ses pas, aveuglément se livrent :
Ils pressent l'ennemi jusqu'auprès des vallons,
Qui voilaient à leurs yeux ses nombreux escadrons.
Là, d'un fatal ravin la profondeur immense
Arrête tout à coup leur terrible vaillance;
Plus loin un bois épais, impénétrable au jour,
Recèle l'ennemi dans son vaste contour.
L'ennemi dans le piège, en poursuivant sa fuite,
A vu de nos guerriers tomber la noble élite :
Le signal est donné; de ces obscurs remparts,
Soudain ses bataillons se montrent aux regards,
Et d'un pas affermi répandus sur l'arène,
Vont couvrir les deux monts qui dominent la plaine.
  Le tyran vers ces monts, pour de nouveaux combats,
A dirigé l'essor de nos vaillans soldats :
Les guerriers d'Albion, sur ce sanglant théâtre,
Soutiennent, sans céder, leur choc opiniâtre.
Mais on a vu bientôt ses fougueux escadrons,
Qui se tenaient cachés dans le creux des vallons,
Sortis par une route obscure et tortueuse,
Précipiter sur nous leur masse impétueuse.
Sous le fer meurtrier, confusément épars,
Généraux et soldats tombent de toutes parts;

On n'entend déjà plus, dans ce vaste carnage,
Que les cris des mourans et l'accent de la rage.
Du combat rallumé, le spectacle odieux
Réjouit le tyran et satisfait ses yeux.
Le cruel, sans pitié, dans cet instant funeste,
De nos beaux escadrons fait moissonner le reste;
Pendant que l'ennemi, du sommet des plateaux,
Insulte à leur défaite, et brave ses rivaux.

Le jour allait finir, et cet affreux carnage
N'avait d'aucun côté décidé l'avantage.
La Mort, de toutes parts, dans le champ des combats,
Avait également moissonné les soldats;
Mais l'orgueilleux tyran qui croit tenir sa proie,
Ordonne que sa garde en ordre se déploie.
On accomplit ses vœux; et ces nobles guerriers,
Que toujours le triomphe a couvert de lauriers,
Pour décider enfin la victoire incertaine,
S'avancent aussitôt dans la funeste arène.
De leurs glaives brillans jaillissent mille éclairs;
Leurs accens belliqueux font retentir les airs;
Le désir de combattre est peint sur leur visage;
L'espoir de la vengeance anime leur courage.
Sur eux, dans les deux camps, tous les yeux sont fixés;
Ils s'ouvrent un chemin sur les corps entassés :

L'armée, à leur aspect, sent doubler sa vaillance.
Ils donnent le signal : le combat recommence ;
Ils abordent trois fois les funestes plateaux,
Et trois fois l'ennemi repousse leurs assauts.
Trompés dans leur espoir, ces vieux guerriers pâlissent ;
Ils redoublent d'efforts, et leurs rangs s'éclaircissent.
Désespérés enfin, ces malheureux soldats,
Ne cherchent déjà plus qu'un glorieux trépas ;
L'ennemi vient alors dans l'arène sanglante
Fixer de son côté la victoire flottante ;
Et, déployant aux yeux ses formidables rangs,
Enveloppe soudain nos nobles combattans :
« Le sort, vaillans soldats, trahit votre espérance ;
» Loin de nous opposer une vaine défense,
» Rendez-vous, leur dit-il, ou craignez le trépas !
— » *Non ; la garde mourra, mais ne se rendra pas !* » [27]
Répondent ces guerriers trahis par la Victoire.
Ils veulent en mourant éterniser leur gloire :
Le désespoir les guide, et ce nouveau transport
Porte chez l'ennemi l'épouvante et la mort.
Le sang qu'ils font couler satisfait leur vengeance ;
Mais le nombre bientôt terrasse leur vaillance :
Ils succombent enfin dans ce champ de terreur,
Et leur dernier soupir fait trembler le vainqueur.

Ainsi, dans cet instant, on vit sur la poussière,
S'endormir à jamais notre élite guerrière.
Sans chercher à venger ses malheureux soldats,
A périr avec eux au milieu des combats,
Le tyran seul, sans garde, et saisi d'épouvante,
Quitte encor les débris de son armée errante.
Du dernier des soldats emportant les mépris,
Il accourt lâchement se cacher dans Paris.
Cependant ce mortel, si superbe naguère,
A déjà dépouillé son orgueil téméraire ;
Il tremblait en voyant, au sein de ses États,
Les vainqueurs irrités accourir sur ses pas.
Pensant les apaiser, descendu de son trône,
Dans les mains de son peuple il remet sa couronne.
Pour la seconde fois, dans son vil désespoir,
Il renonce, le lâche, au suprême pouvoir;
S'éloigne de Lutèce, abandonne la France,
Et croit ainsi des dieux mériter la clémence.
Mais, trompant son espoir, soudain le ciel vengeur,
Le livre, sans défense, au courroux du vainqueur.
Ce conquérant fameux, sur un rocher sauvage,
Retourne dans les fers humilier sa rage ;
Et là, l'usurpateur, tout souillé de forfaits,
N'a plus devant les yeux que les maux qu'il a faits. 24

Ainsi les immortels ont lancé leur tonnerre,
Pour punir le tyran qui dévastait la terre;
Ainsi l'audacieux, qui troubla l'univers,
L'épouvante aujourd'hui du bruit de ses revers.

Pendant que les Français, rendus à l'espérance,
D'un roi qui les chérit appellent la présence,
L'Orgueil veut que ce peuple éloigne encor de lui
Le prince que le ciel lui donna pour appui ;
Le prince qui peut seul apaiser ses alarmes,
Lui rendre le bonheur et suspendre ses larmes.

La France a vu périr ses vaillans défenseurs :
Rien ne peut arrêter la marche des vainqueurs;
Déjà les triples rangs de leurs fières cohortes,
Du superbe Paris environnent les portes.
En ce funeste jour, le sénat éperdu,
Entre mille conseils s'égare confondu :
Ses ministres rampans, lâches dans l'infortune,
Ont déjà déposé leur audace importune.
L'Orgueil est accouru, s'est glissé dans leur sein,
Et les presse, en ces mots, d'accomplir son dessein.
« Sénateurs, en vos mains vous tenez la puissance!
» Vous pouvez aujourd'hui perdre ou sauver la France;
» Elle vous confia ses plus chers intérêts,
» Et son salut dépend de vos sages décrets.

» L'étranger verrait-il, dans cette auguste enceinte,

» L'héroïsme aujourd'hui faire place à la crainte?

» Oubliant vos devoirs, flétrissant vos vertus,

» Est-ce vous, sénateurs, qu'on verrait abattus ?

» Est-ce vous qui pourriez assez vous méconnaître,

» Pour qu'un vainqueur jaloux vous imposât un maître?

» Songez à la patrie, à ses mœurs, à ses lois ;

» Conservez-lui sa gloire et défendez ses droits.

» Loin de rendre à Bourbon le sceptre et la couronne,

» Elle attend votre arrêt pour l'éloigner du trône.

» Écouter sa prière, accomplir son espoir,

» Et souscrire à ses vœux, tel est votre devoir ;

» Telle doit être aussi votre plus chère envie :

» Votre intérêt l'ordonne, et tout vous y convie. »

Il a dit ; et, bientôt, ses discours imposteurs

Raniment les esprits de ces vils sénateurs :

Pleins du cupide espoir d'augmenter les richesses,

Dont le sang des Français a payé leurs bassesses ;

Ils déclarent sans honte, à la face des cieux,

Que Louis est déchu du rang de ses aïeux.

Ce criminel arrêt d'un conseil téméraire,

Du Dieu qui nous protège enflamme la colère ;

Pour punir ces mortels, terrasser leur orgueil,

Enfin, pour les détruire, il leur lance un coup d'œil.

Il tombe ce sénat, et des chants d'allégresse
Annoncent de Bourbon le retour dans Lutèce.
Le Vice, à son aspect, fuit devant la Vertu ;
La Vérité renaît, le Crime est abattu,
La Discorde confuse, en voilant son visage,
Retourne au noir séjour ensevelir sa rage ;
Mars, ce farouche dieu, si funeste aux humains,
Laisse tomber le fer de ses sanglantes mains ;
Et la divine Paix, mère de l'Abondance,
Abandonne les cieux pour habiter la France. [25]

Quand les dieux apaisés nous rendent le bonheur
Crois-tu, sinistre Orgueil, criminel imposteur,
En flattant les mortels, les gouverner encore ?
Renonce à ce projet : le monde entier t'abhorre,
Tes crimes sont connus, ils inspirent l'effroi,
Et rien n'est à nos yeux plus horrible que toi :
Sous le poids des forfaits ton règne enfin expire....
Dans le fond des enfers va chercher un empire.

FIN.

NOTES.

1. L'ORGUEIL a toujours quelque part à nos actions, bonnes ou mauvaises ; c'est ce qui a fait dire à saint Augustin : « *Superbia et in rectè factis animo insidiatur humano... ubi lœtatus homo fuerit in aliquo bono opere, se etiàm superâsse superbiam ex ipsâ lœtitiâ, caput erigit et dicit : Ecce ego vivo ; quid triumphas , et ideò vivo quia triumphas.* » C'est aussi ce qui a fait dire à Pascal : « Ceux qui écrivent contre la gloire, veulent avoir la gloire d'avoir bien écrit ; ceux qui lisent veulent avoir la gloire d'avoir bien lu ; et moi, qui écris ceci, j'ai peut-être cette envie ; et peut-être ceux qui le liront l'auront aussi.»

2. Pour tracer ce caractère, j'ai emprunté des pensées et même plusieurs vers entiers au cardinal de Bernis.

3. Le lecteur ne me saura peut-être pas mauvais gré de reproduire ici le portrait que M. de La Rochefoucault a tracé de *l'amour-propre*, dans ses Maximes, puisque quelques traits de ce portrait peuvent aussi caractériser l'Orgueil : « Il est, dit-il, dans tous les états de la vie et dans toutes les conditions ; il s'accommode des choses et de leur privation ; il passe même dans le parti des gens qui lui font la guerre ; il entre dans leurs

desseins ; et , ce qui est admirable , il se hait lui-même avec eux ; il conjure sa perte ; il travaille même à sa ruine ; enfin il ne se soucie que d'être ; et , pourvu qu'il soit, il veut bien être son ennemi. »

4. Que de philosophes on pourrait comparer à ce roi de Castille , Alphonse X , assez vain pour avoir dit qu'appelé par Dieu à son conseil, lors de la création du monde , il lui aurait donné de bons avis !

5. Pérégrin était un philosophe qui , après avoir été quelque temps chrétien , se brûla aux jeux olympiques.

6. Il y a plus de trois mille ans qu'Homère a défini, mieux que personne, la noblesse politique, son objet et ses titres. Sarpédon dit à Glaucus :

« Pourquoi, tels que les dieux montés au rang suprême,
» Marchons-nous honorés des droits du diadème ?
» Pourquoi le Lycien nous a-t-il consacré
» Ces champs où croît la vigne et le froment doré,
» Champs vastes et féconds, arrosés par le Xanthe ?
» C'est pour que, les premiers, dans la plaine sanglante,
» D'un front audacieux nous bravions le trépas ;
» C'est pour qu'à notre aspect nos valeureux soldats
» Se disent l'un à l'autre, au milieu du carnage :
» Nous n'obéissons pas à des rois sans courage ;
» Sous leurs toits sont rangés les vins et les troupeaux ,
» Mais leur lance intrépide ignore le repos. »

(ILIADE , livre XII, Trad. de M. AIGNAN.)

7. A voir la conduite que ces hommes tiennent envers les femmes , ne serait-on pas fondé à croire qu'ils prennent à la lettre ces vers de Bernis :

Oui, cette gloire diffamante,
Qu'on cherche dans le changement,

Est , à la honte de l'amante ,
Un vice applaudi dans l'amant.

8. En parlant de ces critiques, Racine dit (*préf. de Bérenice*) : « Ils attendent toujours l'occasion de quelque ouvrage qui réussisse , pour l'attaquer , non point par jalousie ; car sur quel fondement seraient-ils jaloux ? mais dans l'espérance qu'on se donnera la peine de leur répondre , et qu'on les tirera de l'obscurité où leurs propres ouvrages les auraient laissés toute leur vie. » Ce mal est bien ancien, puisque Salomon (*Eccles. XII.*) disait déjà : « *Scribendi plures libros nullus est finis.* » Montaigne, se plaignant de ce qu'il appelle *l'écrivaillerie* de son siècle, dit qu'on devrait faire des lois contre les écrivains ineptes et inutiles, comme on en fait contre les vagabonds et les fainéans. «Alors, ajoute-t-il , on banni-
» rait moi et cent autres. »

9. Tacite dit qu'on est disposé à juger mal d'un mérite éminent, et qu'une bonne réputation est, quelquefois, aussi dangereuse qu'une mauvaise : « *Sinistra erga eminentes interpretatio, nec minus periculum ex magnâ famâ, quam ex malâ.* »

10. Il n'y a point d'autre remède à cela que de suivre le conseil espagnol qui dit : « Fais bien , tu auras des envieux ; fais encore mieux, et tu les confondras. » *Obra bien , tendras embidiosos : obra mejor y cunfundirlosas.* »

11. De tous les reproches faits à J.-B. Rousseau, le plus odieux , sans doute , et, malheureusement , le mieux fondé, est d'avoir porté l'ingratitude envers son père, qui était cordonnier, jusqu'à le désavouer publi-

quement. On prétend qu'à la première représentation du *Flatteur*, cet homme, trop sensible aux applaudissemens qu'on donnait à son fils, ne put contenir sa joie, et fit connaître à ceux qui l'environnaient, qu'il était père de l'auteur. La pièce finie, le vieillard tout ému chercha son fils pour l'embrasser : il l'arrêta au sortir du théâtre, et lui adressa un discours touchant qui finissait par ces mots : « Enfin, je suis votre père.... — Vous, mon père ! » s'écria Rousseau ; et, dans le même moment, il s'enfuit, laissant ce pauvre homme pénétré de douleur et noyé dans ses larmes.

12. N'est-ce pas l'Orgueil qui fut l'auteur de notre funeste révolution ?

13. On a dit qu'il n'y avait pas de meilleurs princes que ceux qui n'étaient pas nés pour l'être : Bonaparte démentit cruellement cette maxime. Ceux qui font l'apothéose d'un conquérant qui inonde la terre de sang et qui sacrifie une infinité d'hommes à l'ambition la plus insensée, blâmeront sans doute les vers où je dis qu'il égala les crimes des plus cruels tyrans. Qu'ils se rappellent les milliers d'hommes qu'il fit égorger ; qu'ils jugent, et qu'ils fixent le rang que doit occuper cet homme parmi les despotes couronnés, qui ont trop souvent déshonoré le trône et la nature humaine.

Je sais qu'il n'est pas de préjugé plus généralement et plus profondément enraciné dans l'opinion des hommes, que celui de la gloire attachée au titre de conquérant ; mais je pense, avec Marmontel, que si, dans tous les temps, les philosophes, les historiens, les orateurs, les poëtes, enfin tous les dispensateurs de la gloire, se fussent réunis pour attacher, aux horreurs d'une guerre injuste, le même opprobre qu'au larcin et qu'à l'assassinat, on eût peu vu de brigands illustres; puisque les conquérans, ces esclaves de l'Orgueil, n'eurent jamais d'autre but, en ravageant le monde, que de faire parler d'eux et de leurs exploits.

14. Tant qu'il ne fut que général et consul, les ennemis de la France l'admiraient; le peuple français l'aimait : on pensait même qu'il était le seul qui pût faire respecter les formes de la république : que la France, sous ses lois, ne serait moins libre que pour être moins séditieuse, et que la liberté ne perdrait que les maux qu'elle peut causer. Mais, lorsque les Français le virent se faire proclamer empereur, presque tous changèrent d'opinion et commencèrent à le craindre. Ils s'aperçurent bientôt que, les croyant tous nés pour servir à sa gloire, il ne voulait plus que des esclaves et des adorateurs.

15. On répète sans cesse que c'est l'ambition qui le perdit. Elle a pu lui prêter l'idée de rendre son pouvoir égal à celui des plus puissans monarques; mais ce n'est que l'Orgueil qui lui inspira l'envie de les faire plier sous ses lois.

16. Ce que je dis ici m'a été inspiré par un officier français à qui l'on demandait, la première fois que les armées alliées entrèrent sur notre territoire , s'il allait encore prendre les armes pour défendre un homme à qui la patrie devait tous ses maux : « On peut avoir » de grandes fautes à lui reprocher, répondit-il; mais je » ne suis pas son juge : je l'ai suivi dans la prospérité; » ce serait le crime d'un lâche que de l'abandonner dans

» le malheur, et je n'aurai pas à me le reprocher. » Ce brave homme fut tué quelques jours après.

17. On se souvient du courage avec lequel quinze à dix-huit mille Français défendirent la capitale contre une armée de *cent cinquante mille hommes*. Cette défaite n'est-elle pas aussi glorieuse que la plus grande victoire ?

18. Le sénat de Napoléon fut toujours le premier à louer ses folies; jamais on ne vit d'hommes plus rampans que les membres qui le composaient. Cependant il y aurait de l'injustice, de l'ingratitude même, à confondre quelques-uns des membres de ce corps, avec leurs indignes collègues. La voix de leurs contemporains a déjà désigné à l'estime publique, et l'histoire apprendra sans doute un jour à la postérité, les noms du petit nombre de ceux que recommanda toujours leur constance et leur fermeté au sein de nos tribulations politiques.

19. Il est inutile, je pense, de dire que ce vieillard, qui fixe l'attention du monarque, n'est qu'une fiction.

20. Ilva, nom antique de la petite île d'Elbe que la première retraite de Napoléon a rendue fameuse, est située non loin des côtes de l'Italie, vis-à-vis la principauté de Piombino.

21. Dès que Bonaparte fut de retour en France, il employa, comme il l'avait toujours fait, tous les moyens possibles pour tromper le peuple et lui arracher les plus grands sacrifices. On se souvient avec quelle jactance et quelle audace il fit publier qu'il était d'accord avec l'Au-

triche, et que l'arrivée de son épouse à **Paris** en donnerait bientôt l'irrécusable preuve.

22. Ne pourrait-on pas croire que c'est une fatale influence du ciel qui a aveuglé les Français, et qui les a entraînés malgré eux , comme le dit Cicéron dans sa harangue pour Ligarius, en examinant ce qu'il fallait penser du parti de Pompée. « *Ac mihi quidem., si proprium et verum nomen nostri mali quæratur, fatalis quædam calamitas incidisse videtur, et improvidas hominum mentes occupavisse ; ut nemo mirari debeat humana consilia divinâ necessitate esse superata.* » .   (PRO. LIG. VI. 17.)

23. Tous les peuples de l'Europe ne s'armèrent à la fois que pour réprimer l'injuste oppression de Bonaparte, et non pour subjuguer la France qui n'a pas été vaincue dans cette lutte , puisqu'elle fut une des parties intégrantes de la coalition formée contre son oppresseur. Les souverains alliés n'ignorent pas qu'ils n'auraient jamais pu vaincre le peuple français, si ce peuple eût voulu se défendre. Mais, dès que les citoyens virent que la cause de Bonaparte n'était plus celle de la patrie, ils l'abandonnèrent. Ce fut donc lui seul qui livra nos cités aux cohortes étrangères, en séparant sa cause de celle du peuple , qu'il avait plongé dans le plus cruel égoïsme, et chez lequel il était parvenu à éteindre ce feu sacré du patriotisme , qui seul rend une nation invincible au milieu de l'univers conjuré contre elle.

24. Ainsi tomba cet homme extraordinaire , qui fit autant de mal à la France qu'il fut à portée de lui faire de bien, et dont le nom se rattache à de si sanglans souvenirs.

Je ne crois pas m'être écarté de la vérité, en attri‑
buant à son féroce orgueil tous les malheurs qu'il attira
sur ma patrie. « Quiconque préfère sa propre gloire
aux sentimens de l'humanité, est un monstre d'or‑
gueil et non pas un homme. » (Télémaque, liv. **XI.**)
Homère attribue aussi la ruine d'Ilion et la mort d'Hec‑
tor à l'orgueil, comme on peut le voir par le soliloque
de ce héros, à l'aspect d'Achille qu'il se dispose à com‑
battre.

« Le voici, se dit-il en son noble courroux :
» Rentré dans Ilion, si j'évite ses coups,
» Polydamas m'attend ; sa sévère sagesse ,
» Condamne par ses cris mon imprudente ivresse.
» Il voulait dans nos murs ramener les Troyens ;
» Mon *orgueil* indocile a fait périr les miens.
» Comment revoir ce peuple ? il m'accuse : il s'écrie :
» La fougue d'un seul homme a perdu la patrie !
» Non, dans les murs troyens rentrons victorieux,
» Ou recevons d'Achille un trépas glorieux. »

(Iliade, *Livre XXII, Trad. de M.* Aignan.)

Racine pensait de même à l'égard d'Alexandre, comme
on peut s'en convaincre dans la réponse de Porus à
Éphestion.

« Que vient chercher ici le roi qui vous envoie ?
» Quel est ce grand secours que son bras nous octroie ?
» De quel front ose-t-il prendre sous son appui
» Des peuples qui n'ont point d'autre ennemi que lui ?
» Avant que sa fureur ravageât tout le monde,
» L'Inde se reposait dans une paix profonde ;
» Et si quelques voisins en troublaient les douceurs,
» Il portait dans son sein d'assez bons défenseurs.

» Pourquoi nous attaquer ? par quelle barbarie
» A-t-on de votre maître excité la furie ?
» Vit-on jamais chez lui nos peuples en courroux,
» Désoler un pays inconnu parmi nous ?
» Faut-il que tant d'états, de déserts, de rivières,
« Soient entre nous et lui d'impuissantes barrières ;
» Et ne saurait-on vivre au bout de l'univers,
» Sans connaître son nom et le poids de ses fers?
» Quelle étrange valeur, qui, ne cherchant qu'à nuire,
» Embrase tout sitôt qu'elle commence à luire ;
» Qui n'a que son *orgueil* pour règle et pour raison ;
» Qui veut que l'univers ne soit qu'une prison ;
» Et que, maître absolu de tous tant que nous sommes,
» Ses esclaves en nombre égalent tous les hommes !
» Plus d'états, plus de rois ; ses sacrilèges mains
» Dessous un même joug rangent tous les humains.
» Dans son avide *orgueil*, je sais qu'il nous dévore.

(ALEXAND., Acte II, Scène II.)

L'orgueil seul détruisit en Bonaparte les qualités auxquelles il avait dû sa brillante élévation. Jamais homme ne parut sur la scène du monde avec plus d'éclat, et ne donna de plus belles espérances ; mais aussi, jamais homme ne tint moins parole. L'historien impartial qui écrira son histoire, ne pourra cependant se refuser à dire de lui qu'il était doué d'une activité extraordinaire ; qu'il portait un œil attentif sur toutes les parties de l'administration ; qu'il punissait avec une extrême rigueur les moindres fautes, comme il récompensait avec libéralité les services qu'on lui rendait ; que ses troupes furent toujours bien commandées, parce qu'il ne confiait les principaux grades qu'à des hommes dont il connaissait bien les talens ; qu'enfin il eût été un excellent chef d'état, si la loyauté et la justice eussent toujours réglé sa conduite, et s'il n'eût pas cherché à éclipser la funeste gloire des conquérans. Son historien dira sans doute aussi qu'il favorisa les arts, ce que les princes absolus rendent volontiers à leurs sujets en échange de la liberté qu'ils leur ravissent; qu'on vit, sous son règne, naître des chefs-d'œuvre dans tous les genres, et qu'il en récompensa généreusement les auteurs.

25. Si ce tableau de la prospérité de la France n'est pas encore entièrement fidèle, nous pouvons du moins concevoir la douce espérance qu'il le deviendra. L'empire du mal ne pouvant pas toujours durer, et les hommes ne pouvant pas éternellement s'égarer, nous entrevoyons déjà l'aurore d'un jour plus calme, et la fin des convulsions déchirantes de la plus terrible des révolutions. C'est à tort qu'on dit que l'amour de la patrie est éteint dans tous les cœurs français. Un despote a pu le faire diminuer par l'abus qu'il en a fait ; mais il ne l'a pas détruit. C'est ce même amour qui, reprenant son irrésistible ascendant, ne tardera pas à faire taire tous les petits intérêts, pour ne s'occuper que de l'intérêt général.

L'esprit de vertige, qui avait pris naissance au sein de notre révolution, n'existe plus. Le peuple a repris son véritable caractère. Nos guerriers ont entendu le vœu de la patrie ; ils se sont facilement persuadés que la paix est le seul bienfait qu'elle sollicite ; et, convaincus de cette vérité,

L'abus de la victoire engendrant tous les crimes,
Point d'exploits glorieux sans causes légitimes,

Ils ont déposé leur épée pour ne la reprendre que lorsque la patrie les appellera à sa défense. Rentrés au sein de leurs familles, ils sont les premiers à redouter les désastres de la guerre, dont ils connaissent mieux toutes les calamités. Là, ces vaillans guerriers bornent leurs désirs, en songeant aux charges de l'état qui ne peut récompenser leurs services aussi généreusement qu'il le voudrait.

Que quelques factieux n'espèrent plus troubler la paix dont la France commence à jouir. Rien ne pourrait séparer la cause du peuple de celle du prince. Les Français connaissent trop ses intentions paternelles pour se laisser encore séduire par l'esprit ténébreux de la discorde : ils savent tous que le monarque qui les gouverne, instruit à l'école de l'adversité, ne peut être que philanthrope ; que c'est à cette école qu'il apprit à connaître les hommes ; qu'il médita sur les meilleurs moyens de les gouverner ; qu'il vit qu'on peut remplir cette pénible tâche sans les opprimer, et qu'il se convainquit que le pouvoir ne peut long-temps reposer que sur l'empire d'une liberté sage.

FIN DES NOTES.